AF220946

1

Bibliografische Information der Deutschen
Nationalbibliothek:
Die Deutsche Nationalbibliothek verzeichnet diese
Publikation in der Deutschen Nationalbiografie; detaillierte
bibliografische Daten sind im Internet über http://dnb.dnb.de
abrufbar.

© 2020 Axel Fischer
Herstellung und Verlag:
BoD – Books on Demand GmbH, Norderstedt
ISBN: 978-3-7519-7755-5

Ein Roman von Axel Fischer

Copyright © Axel Fischer  20
Covergestaltung: Kirsten Fischer
Textbearbeitung: Heike Fischer
E-Mail:    manax22@web.de

Ganz herzlich bedanke ich mich bei der Malerin Kirsten
Fischer aus Usingen, die das Coverbild extra für diesen
Roman geschaffen hat. Gerne erinnere ich mich an die
vielen geführten Diskussionen zurück, wenn wir nach
einem Konsens bezüglich Kirstens künstlerischem
Anspruch und meinen Vorstellungen zum Coverbild
gesucht haben.
Lieben Dank für deine Geduld und deine Flexibilität,
was die Ausgestaltung des Bildes betraf.

**Herstellung und Verlag:**
**BoD – Books on Demand GmbH, Norderstedt**
**ISBN: 978-3-7519-7755-5**

Bereits erschienen von Axel Fischer

**Ein Neuanfang nach Maß**
**BoD - Books on Demand GmbH, Norderstedt**
**ISBN: 978-3-8391-4167-0**

**Der Schneekrieg**
**BoD - Books on Demand GmbH, Norderstedt**
**ISBN: 978-3-8482-2370-1**

**Späte Rache**
**BoD - Books on Demand GmbH, Norderstedt**
**ISBN: 978-3-7386-0720-8**

**Ihre letzte Chance**
**BoD - Books on Demand GmbH, Norderstedt**
**ISBN: 978-3-7322-8256-2**

**Bleib bei mir**
**BoD - Books on Demand GmbH, Norderstedt**
**ISBN: 978-3-7347-3045-0**

**Augen ohne Gesicht**
**BoD - Books on Demand GmbH, Norderstedt**
**ISBN: 978-3-7386-1670-5**

**Autor im Glück**
**BoD - Books on Demand GmbH, Norderstedt**
**ISBN: 978-3-8423-5767-9**

Sekundanten des Teufels
BoD - Books on Demand GmbH, Norderstedt
ISBN: 978-3-7412-5406-2

Der Tanten Liebling
BoD - Books on Demand GmbH, Norderstedt
ISBN: 978-3-7448-3310-3

Reina
BoD - Books on Demand GmbH, Norderstedt
ISBN: 978-3-7460-9259-1

Tarnung aufgeflogen
BoD – Books on Demand GmbH, Norderstedt
ISBN: 978-3-7528-3015-6

# Adlersterben

## 1

*„Eagle eins an Leader, habe Feindkontakt auf drei Uhr. Verdammt, das sind zwei MIG 29 und die kommen verdammt schnell näher, Jack."*

*„Ich habe sie auch auf dem Radar, Bob. Flieg ein Ausweichmanöver und versuch sie abzuhängen."*

*„Das geht nicht mehr. Die hängen direkt an mir dran."*

*„Pass auf Bob, sie haben Raketen losgeschickt."*

*„Habe ich gesehen. Werfe alle Täuschungskörper ab. Verdammt, die Systeme funktionieren nicht."*

Stille.

*„Eagle eins kommen. Bob hörst du mich?"*

Jack Hopkins legte seinen Tornado auf die Seite. Plötzlich sah er, warum sein Freund Bob sich nicht mehr meldete. Die Reste seines Kampfjets taumelten der Erde entgegen. Doch nirgends sah er den Schleudersitz oder einen Fallschirm. Hopkins brach der Schweiß aus. Sofort schickte er eine Nachricht an die Base, dass Eagle eins verloren war. Doch damit vernachlässigte er seine eigene Deckung. Als er die beiden Raketen auf sich zurasen sah, drückte er auf die Tasten, die die Täuschungs- körper freisetzten. Doch nichts geschah. Noch bevor er eine Antwort vom Tower erhielt, trafen seinen Tornado ebenfalls zwei Raketen, die seinen Jet in Stücke rissen.

Der britische Topagent des MI6 Peter McCord lag auf seinem Bett in seinem Penthouse im angesagtesten Stadtviertel Londons, einem ehemaligen Hafengelände. Früher war dies hier eine üble Gegend, die Dank kapitalkräftiger Investoren zu einem noblen Lebensraum umgebaut wurde. Heute waren die Mieten wie auch die Immobilienpreise nahezu unerschwinglich. McCord hatte das Glück, einer reichen, adligen schottischen Familie zu entstammen. Sein Vater erwarb die Wohnung vor einigen Jahren und schenkte sie seinem ältesten Sohn.

Müde und abgespannt schaute Peter zur Decke. Erst gestern Nacht war er aus Nigeria von einem sehr gefährlichen Einsatz zurückgekehrt, der ihn um ein Haar das Leben gekostet hatte. Erst jetzt fiel die ganze Anspannung allmählich von ihm ab. Mit den Schlägern der mafiaähnlichen Organisation im Hafen war nicht zu spaßen gewesen. Im Zuge der Befreiungsaktion von Agent 48, einem noch jungen, unerfahrenen Kollegen sowie der Inbesitznahme des USB-Sticks, auf dem sämtliche Transaktionen der Gang abgespeichert waren, musste er zwei der Gangster das Lebenslicht auspusten. Sie hatten seinen jungen Kollegen bereits übel zugerichtet, als er ihn endlich in dem Drecksloch mitten im Hafen von Lagos gefunden hatte. Peter machte rasch kurzen Prozess, weil das vom britischen Geheimdienst in den Hafen von Nigeria befohlene U-Boot nur zwei Stunden in den Gewässern verweilen konnte, ohne enttarnt zu werden. So sorgte Peter entgegen seiner sonstigen Gepflogenheit für verbrannte Erde. Mit einigen Ladungen C4 sprengte er sich und Abercrombie Hays samt USB-Stick den Weg frei bis zur Hafenmole. Die Leinen des dort festgemachten Schlauchboots durchtrennte Peter der Einfachheit halber mit seinem Kampfmesser. Sofort startete er den Motor und preschte davon. Zwanzig Minuten später tauchte urplötzlich der gewaltige Turm eines Atom U-Bootes rechts neben der Hafeneinfahrt auf. Die Mannschaft des Kampfschiffes nahm die beiden Männer umgehend an Bord. Keine zehn Minuten später verschwand der Turm, genau so leise wie er aufgetaucht war, in der Tiefe des Meeres. Die folgende Nacht sowie den ganzen nächsten Tag fuhr das U-Boot abgetaucht bis zum nächsten britischen Armeestützpunkt. Dort gingen die beiden Agenten an Land und wurden wenig später von einer Militärmaschine ohne Zwischenstopp nach London Stansted zur Homebase des MI6 geflogen. Peter hatte sich gleich nach Hause bringen lassen, um endlich in Ruhe duschen zu können und sich ein wenig auszuruhen. Schon Minuten, nachdem er sich unbekleidet auf sein Bett gelegt hatte, schlief er völlig erschöpft ein. Die Anstrengungen der letzten Tage forderten ihren Tribut. Als er erwachte, fror er. Eine Gänsehaut überzog seinen kompletten Körper. Hastig griff er nach seiner Decke. Sein Blick fiel auf die Fensterfront des Schlafzimmers. Draußen war es bereits tiefe Nacht. Ein atemberaubender Sternenhimmel regte zum Träumen an. Doch da sich keine Frau in seiner Nähe befand, verdrängte er den Wunsch nach Zweisamkeit unter dem leuchtenden Firmament. Peter hatte in den letzten Jahren nicht viel Glück mit seinen Partnerinnen gehabt. Zwei potentielle Heiratskandidatinnen wurden ermordet. Toni, seine große Liebe war Kampfpilotin bei der Royal Airforce, die während eines Auslandseinsatzes kurz vor ihrer geplanten Hochzeit abgeschossen wurde. Der Duft ihres lieblichen Parfums, der sich hartnäckig weigerte, seinen Kleiderschrank zu verlassen, erinnerte noch ein wenig an sie, obwohl Toni jetzt doch schon über ein halbes Jahr tot war.

Er hatte gut und gern fünf Stunden geschlafen. Entsprechend fit fühlte er sich. Ohne hektisch zu agieren, erhob er sich aus seinem Bett. Gähnend und sich reckend lief er zum Fenster. Von hier oben lag ihm die Skyline von London zu Füßen. Träge plätscherte die Themse an ihm vorüber. Ein paar Ausflugsschiffe, auf denen sich jede Menge Touristen während einer Nachtfahrt vergnügten, zogen an ihm vorbei. Genauso wie einige Frachtkähne leise ihrem Empfängerhafen entgegen schipperten. Ein leichtes Hungergefühl überfiel ihn. Während er sich anzog, schaute er auf seine Armbanduhr. Kurz nach dreiundzwanzig Uhr zeigte sie ihm an. Er beschloss, ins ‚Helenas' zu gehen. Das war der beliebteste Laden in ganz London. Das ziemlich große Lokal lockte mit einer guten Küche mit frischen Zutaten, verschiedenen Diskos mit Musik für jeden Geschmack sowie einem frivolen Showprogramm, das zur vorgerückten Stunde auch ziemlich heiß werden konnte. Da er dort häufiger verkehrte und persönlich mit der Pächterin Helena bekannt war, von der niemand wirklich wusste, ob sie nicht doch ein Mann oder ein Transgender war, hatte er ganz sicher keine Probleme mit den Türstehern zu erwarten. Außerdem war Donnerstag und nicht damit zu rechnen, dass der Laden rappelvoll war.

Die beiden Kleiderschränke, die heute den Eingang des ‚Helenas' bewachten, erkannten Peter schon von weitem und winkten ihm zu. Es folgte ein freundliches Shakehands und jede Menge nicht immer ganz stubenreiner Sprüche, bis Peter das ‚Helenas' betrat. Vorbei an vielen Mädels der Upperclass Londons, die ihm mit gierigen Blicken nachschauten und Pärchen, die ganz sicher nicht immer mit dem eigenen Ehepartner gekommen waren, schlenderte er dem ruhigen Bereich an der Theke zu, wo man auch gepflegt speisen konnte. Eine hochgewachsene Blondine, die eine Figur ihr Eigen nannte, bei der nicht nur Männerherzen in die Höhe sprangen, kam gleich auf Peter zu, nachdem er sich auf einen der Barhocker geschwungen hatte. Doch noch bevor sie seine Bestellung aufnehmen konnte, schwebte Helena in den Bereich hinter der Theke ein. Selbst ein Pfau war nicht bunter und auffälliger gekleidet als diese superschlanke Erscheinung, die dank ihrer High Heels sicher beinahe zwei Meter groß war. Peter musste immer wieder darüber nachdenken, wie lange Helena wohl in der Maske saß, bevor sie sich ins abendliche Getümmel ihres Ladens stürzte.

*„Sei mir gegrüßt, Peter, auch mal wieder in London? Habe dich schon länger nicht mehr gesehen."*
*„Hallo, Helena, ja die Geschäfte haben mich mal wieder mehr in Anspruch genommen als mir lieb war."*

Zwar war Helena nicht bekannt, womit Peter tatsächlich seine Brötchen verdiente. Doch dass er nicht im Katasteramt seinen Dienst versah, davon ging sie schon aus.

*„Hauptsache dir geht es soweit gut. Hast du Hunger, Peter?"*

*„Wie ein Wolf."*

*„Wie immer und medium?"*

*„Ja, Helena und dazu Bitter Lemon."*

*„Ich gebe deine Wünsche in die Küche."*

Helena gab der eher wortkargen Blondine Peters Getränkebestellung rüber, während sie seinen Speisewunsch mittels einem kleinen Handcomputer in die Küche mailte. Bevor Peter es sich auf dem bequemen Barhocker so richtig gemütlich machte, entnahm er dem Zeitungsständer eine der dort ausliegenden Tageszeitungen. Er überflog die meisten Artikel, die sich ohnehin nur mit dem Brexit Englands befassten und die die Uneinigkeit der britischen Regierung in dieser Sache widerspiegelten. Peter war ein eingefleischter schottischer Brexit-Gegner und das nicht nur aus beruflichen Gründen. So lange England noch Mitglied der EU war, konnte er sich ungehindert und ohne ständig seinen Pass an den Grenzen vorzeigen zu müssen, bewegen. Außerdem wollte Schottland ohnehin den Austritt Englands verhindern, um die vielen Netzwerke an Geschäftsverbindungen in die EU nicht zu gefährden.

*„Warum liest du denn in einer Zeitung? Alle Informationen bekommst du doch top aktuell über dein Smartphone?"*
Peter schaute von seiner Zeitung auf. Er blickte in zwei strahlendblaue Augen einer noch recht jungen Frau mit kurzen, blonden Haaren, bekleidet mit einem klassischen, dunkelblauen Businesskostüm und den dazu passenden Blockabsatzpumps.
*„Das ist ganz schnell erklärt. Ich lese lieber die Nachrichten nebst der dazugehörigen Kommentare auf Papier gedruckt als einfach vom Display ab."*
*„Deine Einstellung ist aber weit von jeglicher Nachhaltigkeit entfernt."*
*„Ich glaube nicht, dass der Druck einer Zeitung ernsthaft Einfluss auf unsere Umweltprobleme hat. Ich lese die Zeitung nur, wenn ich sie öffentlich irgendwo kostenlos in die Hände bekomme. Das spart viel Geld und wenn nur zehn Menschen diese Zeitung hier lesen, spart das doch auch enorm Ressourcen oder etwa nicht?"*
*„So habe ich das noch überhaupt nicht bedacht. Stimmt aber. Also zumindest für die Menschen, die immer noch Printmedien bevorzugen."*

*„Du solltest nicht gleich jede Parole zum Evangelium machen und dir erst einmal selbst Gedanken zu einem Thema machen, bevor du einen anderen maßregelst. Oder siehst du das jetzt anders?"*

*„So gesehen hast du sicher Recht."*

*„Dein Essen, Peter."*

Helena unterbrach abrupt Peters Gespräch mit der jungen Frau, während sie sein Steak, auf einem Holzbrett präsentiert, sowie eine kleine Schüssel Salat zu seinem Platz balancierte.

*„Das sieht aber lecker aus."*

*„Da sind wir doch sofort gleicher Meinung, wie ich feststelle, obwohl wir doch alle weniger Fleisch essen sollen. Hast du auch Hunger?"*

*„Ehrlich gesagt ja, wie eine Löwin."*

*„Helena, machst du bitte das ganze Menu noch einmal."*

*„Wird gemacht, Peter."*

*„Was möchtest du trinken?"*

*„Ein Bier bitte."*

Auch diesen Wunsch gab Peter sofort an Helena weiter, die wenig später ein großes, frisch gezapftes Helles vor die junge Frau auf der Theke abstellte.

*„Setz dich doch. Hast du auch einen Namen?"*

*„Ja natürlich, ich heiße Gwendolin McFidden."*

„Du bist Schottin und auch noch eine echte McFidden?"

„Ja wieso? Kennst du meine Familie?"

„Ja und ob. Deine Familie braut einen der besten Scotchs in ganz Schottland. Ich kann das beurteilen. Mein Name ist Peter McCord aus dem Clan der McCords."

„Das ist ja wirklich ein Zufall. Hi, Peter. Meine Eltern pflegen einen innigen Kontakt zu deinem Clan."

„Ich weiß und während dieser Treffs wird stets nur bester Whisky der beiden Destillen verkostet."

Gwendolin lachte, weil sie darüber auch eine Menge zu berichten wusste. Peter prostete ihr zu.

„Es ist zwar unhöflich, aber ich starte schon einmal mit dem Essen."

„Ja klar, sonst wird dein Steak noch kalt."

„Gwendolin, was treibt dich denn hier ins ‚Helenas'?"

„Sag bitte einfach Gwen, Peter. Ich komme mir sonst immer so vor wie ein altes Burgfräulein. Das ist schnell erzählt. Vor zwei Monaten habe ich in Cambridge meinen Master in Wirtschaftswissenschaften gemacht und nun arbeite ich für ein Jahr als Trainee in einem großen Unternehmen in London, damit ich Erfahrungen sammeln und danach in Vaters Betrieb einsteigen kann."

„Und wie kommst du ins ‚Helenas'?"

*„Ich bin mit vier Mädels losgezogen, die heute ihren Abschluss des Traineejahrs feiern. Doch keines der Mädels hat mir vorher gesagt, dass der Eintritt hier fünfzig Pfund kostet und die Getränkepreise auch ordentlich ins Geld gehen."*

*„Das heißt, du bist jetzt pleite, kannst nicht einmal mehr deinen Mantel an der Garderobe gegen Gebühr abholen und mit Essen und Trinken ist auch nix?"*

Gwendolin McFidden versuchte zu lächeln. Doch ihr war natürlich bewusst, in welch schlechter Lage sie sich gerade befand. Außerdem war ihr die Situation äußerst peinlich.

*„So sieht es aus. Ich habe die anderen Mädchen aus den Augen verloren und weiß, wenn ich ehrlich bin, nicht mehr so wirklich, was ich jetzt machen soll."*

*„Ach, das ist kein Problem. Ich frage Helena, ob sie dir eine Schürze gibt, damit du in der Küche spülen kannst. Ich glaube, die zahlen hier 4,50 die Stunde. Bis morgen früh hast du das Geld für die Garderobe und den Bus zusammen."*

Peter musste sich vor Lachen an der Theke festhalten, nachdem er in das verdutzte Gesicht von Gwendolin sah, die ein wenig mit den Tränen kämpfte.

*„Das Essen für deine Begleiterin, Peter."*

*„Ja danke, Helena. Komm, Gwen, setz dich her zu mir und iss, damit es nicht kalt wird."*

Die junge Frau schien in der Tat richtig Appetit zu haben. Mit Heißhunger machte sich Gwendolin über ihr Steak, den Salat und das Weißbrot her.

*„Das war super lecker, Peter. Danke."*

*„Nicht der Rede wert. Bei den Preisen hier bist du etwa zwei Wochen mit Spülen beschäftigt."*

Wieder musste Peter lachen. Doch diesmal lachte auch seine hübsche Begleiterin.

*„Du bist ein Schuft, Peter McCord, weil du arme kleine Mädchen ärgerst."*

*„Nimmst du auch einen Espresso?"*

Gwendolin nickte zustimmend. Nach dem Genuss der aromatischen Kaffeespezialitäten zog sie ihn auf die Tanzfläche. Schon nach dem zweiten Tanz schlüpfte sie aus ihren Pumps. Dann folgte der Blazer.

*„Legst du jetzt einen Strip hin, Gwen?"*

*„Nein ganz sicher nicht. Mir tun nur die Füße weh und außerdem ist mir warm."*

Wild tanzten Gwendolin und Peter über die Tanzfläche, bis Peter die Vibrationsfunktion seines Handys spürte. Irgendjemand versuchte, ihn telefonisch zu erreichen. Er winkte Gwen kurz zu und verschwand in eine der Nischen, um einigermaßen in Ruhe telefonieren zu können.

## 2

„McCord, hallo, Mister Sharp. Was verschafft mir die Ehre Ihres nächtlichen Anrufes?"

„Hallo, Peter, wie mir scheint treiben Sie sich mal wieder im ‚Helenas' herum. Ist es so?"

„Wenn Sie im gesicherten Modus telefonieren, verrate ich ihnen, dass Ihre Vermutung stimmt."

„Dachte ich es mir doch. Keine Sorge, das Telefon ist mehrfach gesichert. Wir müssen uns Montag gleich um acht hier bei mir im Büro sehen. Kriegen Sie das hin, Peter?"

„Selbstverständlich, Sir. Brennt es mal wieder?"

„Besser kann man die Situation nicht beschreiben. Aber es mangelt mir noch an ausreichenden Informationen, bevor ich Sie wieder in die Schlacht schicken kann. Bis Montag weiß ich mehr, Peter. Viel Spaß noch und vergessen Sie nicht: Montag acht Uhr bei mir im Büro."

Schon war Peters Chef, der Leiter des MI6 aus der Leitung verschwunden. Nachdenklich mischte er sich wieder auf dem Dancefloor unter die Leute. Gwen stand ein wenig abseits neben der Tanzfläche. Als sie Peter sah, kam sie sofort auf ihn zu gelaufen. Sie war wieder in ihre Pumps geschlüpft und trug ihren Blazer.

„War das deine Freundin, die auf dich im warmgehaltenen Bett wartet?"

„Schlimmer. Meine Schwiegermutter, die mit dem Reisigbesen auf mich wartet, weil ich ihre Tochter vernachlässige."

„Du bist ein verrückter Kerl, Peter."

„Es war mein Boss, der mich Montagmorgen um 08:00 Uhr dringend sehen möchte?"

„Was machst du eigentlich?"

„Müllabfuhr. Bereich Westminster. Ich fahre das große Müllauto."

„Du bist im Staatsdienst, wenn ich mich richtig erinnere."

„Ja, so etwas in diesem Sinne."

„Du darfst nicht darüber reden, stimmt's?"

„Genau."

„Ich bin sehr müde. Kann ich diese Nacht bei dir schlafen?"

„Ja, kein Problem. Ich habe ein schönes Gästezimmer, saubere Handtücher und sogar eine neue Zahnbürste für dich. Bei mir musst du aber auch spülen."

Peter zahlte ihre Rechnung. Am Eingang verabschiedete er sich noch bei den beiden Türstehern. Gwen hakte sich gleich bei ihm unter und sofort marschierten sie los. Zwanzig Minuten später standen sie in Peters Wohnung. Fasziniert und wie festgewachsen stand Gwendolin an der großen Fensterfront und schaute auf die Themse hinunter.

*„Das ist aber ein toller Ausblick. Sag mal, gibt es eigentlich eine Misses McCord?"*

*„Ja, natürlich."*

*„Schläft sie schon? Dann sollten wir leise sein, um sie nicht aufzuwecken."*

*„Du, ich weiß nicht ob Mutter gerade schläft, doch ich vermute schon."*

Gwendolin lachte laut los und trommelte mit beiden Fäusten auf seinen Rücken ein.

*„Du bist wirklich ein echtes Scheusal."*

*„Das sagt Mama auch immer. Jetzt aber ab mit dir in die Federn, bevor ich Mama rufe. Die wird dir sonst den Hosenboden strammziehen und schimpfen, dass so kleine freche Mädchen noch nicht im Bett liegen und anschließend wird sie deine Mama anrufen."*

Noch bevor Peter reagieren konnte, streckte sie ihm die Zunge heraus und verschwand im Bad. Wenig später vernahm er das Rauschen von Wasser in der Dusche. Das konnte jetzt dauern, wenn sich junge Damen bettfein machten. Doch davon ließ sich Peter nicht aus der Ruhe bringen. Was Gwen nicht wusste war, dass sich in seiner Gästetoilette ebenfalls eine Dusche befand, die er jetzt benutzte. Als er sich wieder sauber fühlte nach der langen

Disconacht, trocknete er sich ab und stieg in seinen kurzen Schlafanzug. Danach zeigte er noch der elektrischen Zahnbürste die Zähne. Auf dem Weg in sein Schlafzimmer bemerkte er, dass die Türe zum Gästezimmer bereits geschlossen war. Um das schottische Nachbarkind nicht aufzuwecken, schlich er leise in sein Schlafzimmer. Hier stellte er jedoch verblüfft fest, dass sein riesiges Bett bereits belegt war. Eine in seine Decke gedrehte Gestalt war deutlich erkennbar.

*„Hallo, Madame, kann es wohl sein, dass Ihnen in der Wahl Ihrer Schlafstatt ein Fehler unterlaufen ist?"*

Wie ein frisch geschlüpftes Küken wuselte sich Glen aus seiner Daunendecke.

*„Wieso? Alleine schlafen macht keinen Spaß und ich möchte doch nicht, dass du in diesem riesigen Bett vereinsamst. Außerdem habe ich eiskalte Füßchen, die nach ein wenig menschlicher Wärme schreien."*

*„Also forderst du einen Akt der Nächstenliebe von mir ein, indem ich dir deine Füße wärme?"*

*„Genauso ist es korrekt formuliert, Peter. Es gibt aber noch mehr Stellen an meinem Körper, die vernachlässigt und kalt nach deinen Händen und nach einem anderen deiner Körperteile schreien."*

*„Ja, dann. I'll do my very best wie der Butler der alten Lady stets zu Sylvester im Diner for One zu sagen pflegt."*

Nur knapp über dem Gefrierpunkt lagen die nächtlichen Außentemperaturen irgendwo weit ab der Zivilisation in der irakischen Wüste. Der kleine Luftwaffenstützpunkt der Royal Airforce diente der britischen Luftwaffe als Base zur Unterstützung ihrer schnellen Eingreiftruppe, wenn Nachschubeinheiten der Alliierten oder deren Läger unter Beschuss genommen wurden und dringender Hilfe bedurften. Die Mädels und Jungs, die hier mit ihren schon in die Jahre gekommenen Tornados für Ruhe sorgen mussten, waren flugtechnisch mit allen Wassern gewaschen. Kaum ein anderer Pilot der Airforce besaß so viel Flugerfahrung, gerade was Luftkämpfe und den Angriff auf Bodenstellungen betraf, wie die Mitglieder des hier stationierten Geschwaders. Kommodore Colonel Hazel war ein alter Haudegen, der mehr Stunden in den unterschiedlichsten Cockpits britischer Kampfjets verbracht hatte als die meisten seiner Kollegen. Hazel war für seine Soldaten nicht nur Vorgesetzter, sondern vor allem auch ein echter Kamerad, der stets ein offenes Ohr für seine Mädels und Jungs übrig hatte. Und gerade deshalb ging ihm ganz besonders auf die Nerven, dass sich in seiner Truppe ein Saboteur befinden sollte. Er hatte sich jeden zivilen Angestellten wie auch seine Soldatinnen und Soldaten in Einzelgesprächen vorgeknöpft. Doch keiner hinterließ auch nur annähernd den Anschein, verdächtig zu sein. Doch wie sollte es weitergehen? Sein Geschwader hatte bereits zwei Maschinen und deren Piloten durch Sabotage verloren. Seine Besatzungen waren unruhig geworden. Keiner der Flieger stieg mehr ohne die Angst in seine Maschine, eventuell auch ein Opfer von Sabotage werden zu können. Hazel hatte als erste Maßnahme die Anzahl der Wachen um die einsatzbereiten Maschinen in ihren Hangars verdreifacht. Die Versorgung der Maschinen mit Treibstoff, Munition und Ersatzteilen überwachten die jeweiligen Piloten selbst. Gab es noch mehr Möglichkeiten, die Sicherheit zu verstärken? Hazel stand vor der Kommandobaracke und erwartete seine Teams zur Einsatzbesprechung. Er rauchte eine Lucky Strike und sog den Rauch tief ein. Ihm war bewusst, dass er seinem Körper damit ganz sicher keinen Gefallen tat. Doch seine Nerven dankten es ihm jedes Mal, wenn er eine Kippe im Aschenbecher ausdrückte. Er schaute zu den Offiziersunterkünften herüber. Eine kleine Schar von vier Frauen und der gleichen Anzahl an männlichen Piloten bewegte sich wie in Trance auf die Besprechungsbaracke zu. Vier Uhr am Morgen war jedoch auch nicht die Zeit seiner großen Krieger und doch war auf jeden einzelnen Verlass.

*„Morgen, Colonel, alle Mitglieder des Geschwaders sind wach, Sir."*

*„Lass mal stecken, Brownman. Morgen zusammen, ich sehe kein Mitglied des Geschwaders, das wirklich wach ist. Also Falschmeldung, Brownman. Erzieherische Maßnahme, Captain. Heute Abend ein Bier für alle Piloten ausgeben."*

*„Jawohl, Sir, Anschiss abgeholt, Sir. Ein Bier für alle Kameraden ausgeben. Sie sind natürlich ebenfalls eingeladen, Sir."*

*„So mag ich das, Brownman und jetzt ab mit euch in den Besprechungsraum."*

Das grelle LED-Licht, das unnachgiebig den Raum taghell erleuchtete, schmerzte in den Augen der noch schlaftrunkenen, jungen Leute. Keiner seiner Kampfflieger war älter als 30 Jahre und doch galten alle als Spitzenpiloten. Nachdem sich die Augen an das helle Licht gewöhnt hatten, bemerkten die Offiziere die tiefen Sorgenfalten auf der Stirn ihres Geschwader-Chefs. Ein kurzes Räuspern von Hazel ließ alle Anwesenden aufmerksam werden.

*„Kameraden, wir haben folgende Lag: Das vierte amerikanische Infanteriebataillon, das von Special Force unterstützt wird, ist ein wenig zu schnell*

*vorgeprescht, ohne für Rückendeckung zu sorgen. Jetzt sitzen die Kameraden in einem Talkessel fest und brauchen dringend Luftunterstützung, um sich von dort absetzen zu können. Gepanzerte schnelle Einheiten der Taliban rücken den Gis mächtig auf den Pelz. Die amerikanische Luftwaffe kann aber wegen eines Sandsturms nicht starten. Deshalb sollen wir die Vierte aus der Scheiße ziehen. Wir haben neun einsatzbereite Tornados zur Verfügung. Ich werde mit euch fliegen und den Verein ins Feld führen. Wir bilden drei Rotten á drei Maschinen und fliegen in Formation ins Einsatzgebiet. Dort lösen wir die Formation auf. Jede Rotte nimmt dann selbstständig Ziele ins Visier und vernichtet sie nach Möglichkeit. Sollten sich im Zielgebiet MIGs blicken lassen, hat die Bekämpfung der Feindmaschinen absolute Priorität. Auf der Tafel dort rechts habt ihr noch die Wetterprognose. Der Sandsturm wird uns wohl nicht treffen."*

*„Und wenn doch, Chief?"*

*„Holst du deine Förmchen unter dem Sitz hervor und baust dir als Schutzschild eine Sandburg, Bradock. Schauen wir mal, was uns dort erwartet. Ist doch wie immer. Abflug in fünfzehn Minuten. Wir nehmen an Bewaffnung und Zusatztanks alles mit, was die Kisten tragen können. Auf geht's."*

## 3

In den Splitterboxen der Tornados stand die Luft. Der Gestank nach Kerosin, Metall und Gummi raubte den Soldaten beinahe die Luft zum Atmen. Colonel Hazel ging von einer Box zur anderen und schaute nach seinen Fliegerassen. Die meisten der Jungs und Mädels saßen bereits in ihren Cockpits und warteten auf die Startfreigabe. Nachdem Hazel auch vom letzten Nachzügler noch einen Daumen hoch gezeigt bekam, rannte er zu seiner Maschine. Für sein fortgeschrittenes Alter bewegte sich der Geschwader-Leader sehr leichtfüßig. Er setzte seinen Helm auf und kletterte ebenfalls hoch zu seinem Arbeitsplatz. Sofort nahm er Funkkontakt zu den übrigen Maschinen auf.

*„Eagle Leader an alle. Ready for Takeoff. Macht die Deckel zu und ab geht's durch die Mitte. Tower, hörst du mich?"*

*„Tower hört, Chief."*

*„Erbitte Startfreigabe für Geschwader Eagle."*

*„Erteilt, Chief, haut ab und viel Glück. Zieht den Taliban die Hosenböden lang und blast sie in die Umlaufbahn."*

*„Clearing an alle. Machen wir, Tower. Los geht's."*

Die Flugingenieure hatten bereits die Bremsklötze vor den Reifen entfernt und sich sofort in Sicherheit gebracht. Infernalisch kreischten die Triebwerke los. Sie durften jetzt nicht mehr allzu lange stehen, da auch der Treibstoffverbrauch im Stand nicht zu verachten war. Rund zwölf Liter Kerosin verbrauchte der Jet je Minute. Doch sie verloren keine Zeit. Rotte eins rollte zwei Maschinen nebeneinander und die Dritte in gehörigem Abstand dahinter der Startbahn entgegen. Auf ein kurzes Zeichen hin brach das Inferno los. Mit Nachbrenner starteten die neun Kampfjets in den dunklen Nachthimmel und formierten sich dort wie befohlen. Jetzt lagen etwa zehn Minuten Flugzeit vor ihnen. Jeder Pilot überprüfte permanent seine Instrumente. In der zivilen Luftfahrt übernehmen etwa 80 Prozent der Arbeit im Cockpit hoch-intelligente Computer. Bei Kampfjets ist das Verhältnis beinahe genau umgekehrt. Knapp neun Minuten nach dem Start erfassten die ersten Radarsucher feindlicher Raketen die neun Maschinen. Zu allem Überfluss tauchten zwei MIG 29 am Horizont auf.

*„Eagle drei an Leader, habe Sichtkontakt zu einer MIG 29."*
*„Was macht die MIG, Frank?"*
*„Sie löst sich aus der Rotte und steigt, Chief."*

*„Vorsicht, Frank, die will dir aufs Dach steigen. Formation auflösen. Schieß sie vom Himmel, Frank."*

*„Verstanden, Leader."*

*„Achtung, Leader, Boden-Luft-Rakete im Anflug. Ich habe den Aal auf dem Schirm, Chief. Kommt verdammt schnell näher."*

Eine gewaltige Explosion sorgte plötzlich für heftige Turbulenzen. Teile einer MIG 29 trudelten rechts am Cockpitfenster der Erde entgegen. Colonel Hazel erkannte auf drei Uhr einen Schleudersitz, der durch die Luft schoss. Die Situation wurde mit einmal unübersichtlich. Wo waren nur seine beiden Begleiter geblieben. Auf einmal raste der Jet von Oberleutnant Hastings mit Nachbrenner an ihm vorbei.

*„Bist du verrückt geworden, Jane, mach den Nachbrenner aus. Der Raketenkopf der Boden- Luft-rakete ist wärmesuchend. Wirf die Täuschungs-körper raus."*

*„Die funktionieren nicht, Chief."*

Obwohl sein warnender Hinweis die junge Pilotin noch erreichte, war es bereits zu spät. Ihr Tornado zerlegte sich nach einer heftigen Explosion in unzählige Einzelteile. Hazel warf den Kopf hin und her, legte seine Maschine auf die Seite um zu sehen, ob das Mädel noch lebend aus dem Jet herausgekommen war. Dann sah er ihren Schleudersitz, in dem Teile ihrer menschlichen Überreste, die mit Gurten an der Lehne befestigt waren, zur Erde rasen. Hazel schloss seine Augen. Doch ein heftiges Piepsen riss ihn in die Realität zurück. Die Radarerkennung machte laut darauf aufmerksam, dass eine Rakete unaufhaltsam auf seinen Jet zuraste. Sofort betätigte er die Schalter für die Raketen-Täuschungskörper. Doch auch seine Maschine schien sabotiert worden zu sein. Ohne zu zögern schoss er sich mit dem Schleudersitz aus seinem Tornadocockpit. Wenige Sekunden später wurde seine Maschine schwer getroffen und stürzte zur Erde.

Gwendolin stöhnte wollüstig unter seinen kräftig ausgeführten Stößen.

*„Das ist so geil, Peter. Mach bitte weiter."*

*„Zu Befehl, Madame."*

Immer schneller bewegte er sich, bis sie ihn plötzlich von sich herunterstieß.

*„Ich möchte dich jetzt reiten, Peter."*

Ihm war das sehr recht. So konnte er in Ruhe den nahenden Höhepunkt in vollen Zügen genießen. Gwen war in der Tat ein Naturtalent. Dank ihrer ausgesprochen großen Beweglichkeit in ihren Hüften musste Peter sich noch ein wenig zurückhalten, um keine Ejaculatio praecox zu erzeugen. Gwen griff sich seine Hände und legte sie auf ihre kräftigen Brüste.

*„Knete sie fest, ja, Peter?"*

Als sich Gwen dann beinahe akrobatisch ganz zurücklegte und mit ihren Zehenspitzen seine Brustwarzen massierte, musste er endgültig kapitulieren. Laut stöhnend ergoss er sich in das verwendete Kondom. Doch auch Gwendolin folgte ihm recht schnell hinterher.

Die junge Frau löste sich rasch von Peter und verschwand im Bad. Er war gespannt, was nun noch folgte. Gwen verließ das Bad und kuschelte sich ganz eng an ihn heran. Schon sehr bald atmete sie ganz flach und im gleichen Rhythmus. Sie war eingeschlafen. Peter tat es ihr sehr rasch gleich.

Gegen Mittag erwachte er. Gwendolin schlief noch. Ihr Schnarchen war unüberhörbar. Peter verschwand im Badezimmer. Der Duschtempel lockte. Schon spürte er den massierenden Wasserstrahl auf seiner Haut. Doch noch etwas weckte plötzlich seine Aufmerksamkeit. Zwei kleine kräftige Hände tasteten nach seinem Körper. Peter brauchte seine Augen, die vollends mit Haarshampoo zugeschäumt waren, nicht zu öffnen, um zu erkennen, wer sich da wohl in die Duschkabine geschlichen hatte. Gwen verstand es wirklich, einem Mann eindringlich mitzuteilen, wozu sie gerade Lust hatte und wie er ihr Verlangen befriedigen konnte. Als Big Ben zweimal seinen dumpfen Glockenschlag erklingen ließ, verließen sie seine Wohnung, um ein Spätaufsteherfrühstück bei Harveys einzunehmen.

*„Fährst du mich bitte nach Hause, Peter?"*
*„Ja, natürlich. Ich hole noch eben den Wagenschlüssel."*
Als Gwendolin Peters Porsche Turbocabrio erblickte, staunte sie nicht schlecht.
*„Also entweder läuft eure Destillerie besser als unsere oder mein Dad ist super geizig. Mit meinem Minicabrio kann ich da nicht mithalten."*
*„Dein Vater ist ein echter, alter Schotte und die sind halt alle sehr sparsam. Mach dir nichts draus. Ein Minicabrio ist auch ein tolles Auto und für kleine Mädchen völlig ausreichend."*

Gwen verpasste Peter einen ordentlichen Schlag mit ihrer kleinen Faust gegen seinen linken Arm. Später genoss sie die Fahrt im offenen Porsche. Sie legte den Kopf zurück gegen die Kopfstütze und schloss die Augen. Sie schien zu träumen. Peter fuhr noch zwei kleine Umwege, um das Fahrtende ein wenig hinauszuzögern, bis er das Appartementgebäude in der kleinen Parkanlage etwa zehn Kilometer außerhalb Londons ansteuerte. Das Appartement war zweckmäßig und gemütlich mit hellen Möbeln eingerichtet.

*„Schön hast du es hier. Es ist angenehm ruhig und doch wohnst du sehr stadtnah. Was also willst du noch mehr?"*

*„Einen Mann wie dich an meiner Seite, der mit mir gemeinsam die Freizeit verbringt."*

*„Ja, dann such mal schön, Gwen."*

*„Aber du bist doch hier Peter."*

*„Ich bin aber kein Mann für ein normales Familienleben. Wahrscheinlich sitze ich schon Montagmittag wieder im Flieger, um irgendwo auf dieser Welt einen Job zu erledigen. Ich bin häufig wochenlang unterwegs, ohne mich, egal bei wem, zu Hause oder sonst wo melden zu können"*

*„Und wenn ich bereit wäre, all dies zu akzeptieren um auf dich zu warten?"*

*„Ach, Gwen, ich kann dir nicht einmal vorhersagen, ob ich nach meinen Einsätzen in einem Stück zurückkomme."*

*„Ich könnte dich pflegen, wenn es dir schlecht geht, Peter."*

*„Aber du brauchst doch eher meine Pflege, wenn ich an deine kalten Füße denke und noch andere erkaltete Körperstellen."*

Gwendolin musste lachen.

*„Lass es uns doch einfach versuchen, Peter."*

*„Warum solltest du dir diesen Stress antun, Gwen? Es gibt so viele nette Jungs in London"*

*„Weil ich mich in dich verliebt habe, Peter und ich nur dich haben möchte."*

*„Das weißt du schon, nachdem du mich nicht einmal zwei Tage kennst? Das kann ich nicht glauben. Wir haben einen schönen Abend und eine tolle Nacht verbracht, Gwen. Wenn es das Schicksal gut mit uns meint, können wir uns gern wiedersehen. Lass uns einfach unsere Telefonnummern austauschen. Versuch es nächstes Wochenende auf meinem Handy. Wenn ich das Gespräch annehme, bin ich zurück. Wenn nicht, bin ich noch unterwegs oder schon im Himmel. Dann jedoch musst du mit dem nächsten Treff noch ein wenig warten."*

Gwen begann zu weinen.

*„Sag doch nicht wo etwas, Peter. Ich möchte dich nicht verlieren."*

*„Mag sein, Gwen, aber das liegt nicht mehr in meiner Hand. Bis irgendwann mal wieder hier oder einfach im Jenseits."*

Er gab ihr noch einen Kuss und verließ Gwens Appartement.

## 4

Major Stanton saß im Büro der Leitstelle und raufte sich seine bereits licht gewordenen Haare. Doch für eine konkrete Analyse der Situation fehlte die Zeit. Er musste jetzt sofort handeln und versuchen, die vier vermissten Piloten zu finden und hoffentlich lebend zu bergen.

*„Befehl an die Rescue Einheit. Startet umgehend mit zwei Einheiten. Holt mir sofort unseren Chief und die übrigen Piloten nach Hause. Abflug."*

Major Stanton stand kurz vor seiner Beförderung zum Colonel. Außerdem sollte er in Kürze das fünfte taktische Luftgeschwader übernehmen, das ausschließlich der Nato unterstellt war und der Landesverteidigung diente. Einen gravierenden Fehler durfte er sich jetzt keinesfalls erlauben. Zwar verband ihn mit Hazel nicht gerade eine wirkliche Freundschaft, aber schließlich war er ein Fliegerkamerad, den ließ man keinesfalls im Stich.

Knappe zehn Minuten später vernahm Stanton das Geräusch zweier startender großer Hubschrauber. Jetzt hieß es nur noch Ruhe bewahren und abwarten. Natürlich war ihm bewusst, dass wenn ihre vier Tornados Feindkontakt hatten und das mit sabotierten Raketen-Täuschungssystemen, das wohl kaum Hoffnung bestand, auch nur einen der vier Piloten lebend bergen zu können. Doch sie mussten es unbedingt versuchen. Um nicht weitere Piloten zu gefährden, erteilte Stanton den Befehl: Startverbot für alle Kampfeinheiten, bis die

Ursache der Fehlfunktionen gefunden oder der Saboteur gefasst wurde. Diesen Befehl leitete er unter anderem an das Verteidigungsministerium sowie der Generalität der Air Force weiter. Drei Stunden später, als allmählich die Dämmerung einsetzte, vernahm Stanton das typische flappende Geräusch von Rotorblättern großer Hubschrauber, die ihre Piloten zur Landung einschweben ließen. Jetzt hielt ihn nichts mehr in seinem Sessel. Stanton sprang auf und rannte zum Landeplatz. Der Leiter der Einsatzgruppe, Leutnant Harris, sprang als erster aus dem Großraumfluggerät. Gemeinsam halfen sie den Sanitätern, die Tragen aus dem Flieger auszuladen.

*„Was ist los, Harris? Lagebericht."*

„Drei Piloten geborgen, Sir, einer vermisst. Oberleutnant Jane Hastings ist tot, Sir, Mansfield und Jakobs sind verwundet, werden aber durchkommen."

„Was ist mit Colonel Hazel?"

„Wird vermisst, Sir. Wir haben weder sein GPS-Signal geortet noch Teile seiner Maschine oder den Schleudersitz gefunden. Allerdings blieb uns nur wenig Zeit zum Suchen, Sir. Wir gerieten sehr schnell in Feindkontakt. Eine schwer bewaffnete Einheit der Taliban versuchte, uns den Rückweg zu den Hubschraubern abzuschneiden. Nur mittels

Dauerfeuer und dem Einsatz der schweren MGs in den Hubschraubern konnten wir entkommen."

*„Verdammte Scheiße, Harris, und was jetzt?"*

*„Wir benötigen die Unterstützung einer Einheit Navy Seals Sir, die das gesamte Gelände durchkämmen und nach Colonel Hazel suchen."*

*„Gute Idee, Harris. Ich setze mich sofort mit dem Stab in Verbindung."*

Noch in der gleichen Nacht bestiegen zwölf schwer bewaffnete britische Spezialkräfte in einem geheimen Camp irgendwo in der Wüste einen Hubschrauber. Die beiden Piloten gaben sofort Leistung auf die Triebwerke und nur zwei Minuten später verschwand der Transporthubschrauber in der Dunkelheit. Per Handzeichen kommunizierten die bis zur Unkenntlichkeit getarnten Soldaten miteinander. Vor ihren Mündern tanzten kleine, weiße Wölkchen. Obwohl die Temperaturen nur wenig über dem Gefrierpunkt lagen, fror keiner der Seals in ihren besonderen Kampfanzügen. Eine Stunde dauerte ihr Flug, bevor sie ihr Ziel- und somit das Einsatzgebiet erreichten. Die Piloten machten sich nicht lange die Mühe, nach einem geeigneten Landeplatz zu suchen. Die Seals ließen Taue vom Hubschrauber in die Tiefe fallen, an denen sie sich blitzschnell abseilten. Ihr schweres Gepäck folgte über eine Winde. Das Szenario dauerte nur wenige Minuten, bis der Hubschrauber wieder in die Höhe stieg und verschwand. Dank der Nachtsichtgeräte nahmen die Soldaten sofort ohne Verluste ihre Ausrüstung auf. Der Truppführer gab ihre Koordinaten in das GPS ein, das automatisch den Weg ins berechnete Zielgebiet anzeigte. Captain Brown gab seine Befehle an alle Krieger per Handzeichen weiter. Nachdem jeder verstanden hatte, wie es jetzt weitergehen sollte, setzte sich die Kommandoeinheit lautlos in Bewegung. Jetzt hielt sie nichts mehr auf. Weder Giftschlangen, Skorpione noch sonstige Raubtiere stellten ein Hindernis dar.

Als er endlich alleine in seinem Wagen saß, kam er zur Ruhe. Er hasste nichts mehr als die ständigen Diskussionen mit der holden Weiblichkeit, die ihn zu domestizieren versuchte. Gwen war ganz sicher ein wirklich liebes und sehr hübsches Mädel. Aber er war nun einmal Agent Nummer eins in Diensten seiner Majestät, der britischen Königin, und diesen Job machte er so gut er konnte. Auch wenn er in letzter Zeit häufiger darüber nachdachte, seinen Job endlich an den Nagel zu hängen, eine Familie zu gründen und im elterlichen Betrieb eine Stelle anzunehmen. Doch war dies jetzt, hier und heute kein Thema. Weil er den Samstagabend alleine auf dem Sofa verbringen und vorher herzhaft essen wollte, steuerte er den großen Supermarkt seines Vertrauens an und stellte das Cabrio auf einem der Parkplätze ab. Wie ein Schuljunge, der von seiner Mutter einen Zehner in die Hand gedrückt bekommen hatte, damit er Brötchen holte, schwenkte er seinen Leinenbeutel vor und zurück und betrat den Supermarkt. Eigentlich wollte er sich heute Abend sein Leibgericht kochen. Als er jedoch das frische Roastbeef in der Wursttheke erblicke, lief ihm sogleich das Wasser im Mund zusammen. Er beschloss, die Kochorgie auf morgen zu verschieben und heute Abend dafür zwei Körnerbrötchen mit dem frischen Roastbeef vorzuziehen. So erstand er für die Abend-verpflegung 12 Scheiben Roastbeef, Körner-brötchen, Salzbutter und Sahnemeerrettich und für morgen zum Mittagessen ein daumendickes Kassler Kotelett, Speckwürfel, Kartoffel, einen Becher Schmand und eine Packung Dicke Bohnen aus der Kühltheke. Auf Getränke konnte er getrost verzichten, da sein Kühlschrank damit stets gut gefüllt war. Zufrieden mit seinem Einkauf fuhr er nach Hause.

Knappe zwei Stunden waren sie in gehobenem Tempo durch die Nacht marschiert, bis Captain Brown den Arm hob. Die beiden Soldaten, die je einen der einachsigen Handwagen, auf denen die beiden schweren MGs sowie die leichten Mörser verpackt lagen, gezogen hatten, freuten sich ganz besonders über die kurze Pause. Der Captain begann zu flüstern.

*„Alle mal herhören. Nach den Koordinaten erreichen wir in etwa zwei Kilometern das geheime Camp der Taliban. Wir teilen uns in zwei Trupps auf. Mansfield, du begibst dich mit deinen Leuten nach Westen, während ich mit meinem Trupp nach Osten marschiere. Wir bilden eine Zange. Die MGs wie auch die Mörser bringen wir so in Stellung, dass sie mit jeweils nur einem Soldaten besetzt, unseren Rückweg decken. Sollten wir entdeckt werden und unter Feuer geraten, haut ihr raus was die Rohre zulassen. Wir sind nicht gehalten, Gefangene zu machen. Es wird sicher nicht leicht werden, aber wir haben als Verbündeten den Überraschungseffekt auf unserer Seite. Und vergesst nicht: Oberste Priorität hat die Befreiung von Colonel Hazel. Ihn müssen wir sicher und in einem Stück nach Hause bringen. Noch Fragen?"*

Weil sich niemand meldete, sprach Captain Brown weiter.

*„Ok. Nach dem Einsatz treffen wir uns hier wieder und warten die Dämmerung ab. Marschiert wird nur während der Dunkelheit. Punkt 07 Uhr schlagen wir los. Abmarsch."*

Wenige Minuten vor 07:00 Uhr nahmen die beiden Trupps ihre Waffen und die Ausrüstung auf und marschierten lautlos ihrem Zielpunkt entgegen. Als das GPS per Vibrationsalarm still kundtat, dass sie ihren Zielort erreicht hatten, versteckten sich die Navy Seals hinter den herumliegenden Felsbrocken. Mit den Spezialferngläsern suchten sie die Gegend ab. Tatsächlich hatten sie das geheime Camp der Taliban entdeckt. Ohne Zeit zu verlieren bauten sie die Mörser und die S-MGs in gut gesicherten Stellungen auf und machten sie feuerbereit. Per Lichtzeichen tauschten sie ihre Einsatzbereitschaft mit dem zweiten Trupp aus. Als dann das Go geblinkt wurde, wusste jeder der Soldatinnen und Soldaten, was zu tun war. Den Soldaten war bewusst, wie sie sich dem Lager nähern sollten und wie sie ihre Waffen einsetzen mussten. Jedem einzelnen war klar, worauf es jetzt ankam. Schließlich hatten sie die Durchführung solcher Einsätze hundertfach trainiert. Was sie nicht wussten war, dass sie erwartet wurden.

## 5

Peter brachte seinen Einkaufsbeutel in die Küche und verstaute zuerst die verderblichen Lebensmittel im Kühlschrank, während er den Rest seines Einkaufs in einem der Vorratsschränke abstellte.

Um seinen Flüssigkeitshaushalt in der richtigen Balance zu halten, fingerte er sich ein Glas aus dem Küchenschrank und nahm eine Flasche Stilles Mineralwasser. Eine böse Vorahnung ergriff mit einmal von ihm Besitz. Er wurde das Gefühl nicht los, dass er am Montag von seinem Chef einen verdammt kniffligen Auftrag erhielt, der ihn an die Grenzen seiner Leistungsfähigkeit bringen würde. Was half da mehr, als sich noch etwas fit zu machen.

Auch wenn es schwer fiel, überwand er seinen inneren Schweinehund und sprang aus dem bequemen Wohnzimmersessel. In seinem Ankleidezimmer zog er eine Badehose, eine kurze Sportshorts und ein T-Shirt aus dem rechten Schrank. Er griff nach der Codecard, mit der er den im Untergeschoss befindlichen Healthclub betreten konnte, für den er immerhin im Jahr eintausend Pfund Beitrag aufbringen musste. Erfreulicherweise übernahm sein Brötchengeber die Überweisung des Jahresbeitrages. Mit dem Lift fuhr er ins Untergeschoss. Wie nicht anders zu erwarten, war er der einzige Besucher. Die übrigen Hausbewohner der großen Anlage traf Peter selten hier an. Allerdings kannte er auch beinahe niemanden seiner Nachbarn. Lediglich mit Charlie, der hier als Personal-Trainer und Bademeister fungierte, war Peter flüchtig bekannt. Der Junge war mit seinen muskelbepackten einen Meter neunzig der Traum aller weiblichen Gäste, die sich jedoch alle an ihm die Zähne ausbissen, da er sich ausschließlich zum männlichen Geschlecht hingezogen fühlte. Heute jedoch schien sein Büro verwaist, was Peter nicht sonderlich beunruhigte. Im Gegenteil, so konnte er in Ruhe, ohne ein längeres Schwätzchen halten zu müssen, sein nicht eben unerhebliches Programm abspulen.

Peter programmierte das Laufband auf fünftausend Meter und startete los. Bereits nach der Hälfte der Strecke lief der Schweiß in Strömen. Doch er lief kontinuierlich weiter. Als das Gerät mittels eines leisen Gongs bekannt gab, dass er angekommen war, stieg er ab. Er legte sich erst einmal trocken und anschließend flach auf eine der Liegen zur Regenation. Nach etwa zehn Minuten stand er auf und schlenderte zu den Hantelbänken. Wie gewöhnlich griff er nach zwei zwanzig Kilo schweren Hanteln und begann damit zu trainieren. Nach einer halben Stunde legte er sich auf die Hantelbank und pumpte stetig liegend dreißig Kilo, bis er plötzlich einen Windzug vernahm. Ein deutliches Zeichen dafür, dass er nicht mehr alleine war. Noch während er die Hantel in die Verankerung steckte, tauchte ein junger Wirbelwind vor ihm auf. Für das Mädel schien der Begriff

Körperfett nicht zu existieren. Sie lief barfuß und trug lediglich ein schwarzes Bustier, das so gerade ihre Oberweite verdeckte und ein knappes Höschen. Ihre Bein- und Armmuskulatur schien fachgerecht austrainiert zu sein. Tief schwarze, mandelförmige Augen, die unter dem Pony einer Kurzhaarfrisur hervorlugten, musterten ihn von oben bis unten.

*„Hallo, ich bin Nina und die Vertretung von Charlie, der zurzeit zwei Wochen Urlaub auf Hawaii verbringt, ohne mich mit zu nehmen."*

*„Hallo, Nina, ich bin Peter. Das ist aber nicht nett von ihm, dich hier einfach so alleine zurück zu lassen. Ich glaube aber zu wissen, dass du wenig Freude mit ihm haben würdest."*

Nina lachte.

*„Da gebe ich Ihnen allerdings Recht. Charlie ist stockeschwul und mit seinem Lebensgefährten unterwegs."*

*„Sag einfach Peter und lass das Sie weg, Nina."*

*„Mach ich gern. Du scheinst ganz gut im Training zu sein. Erst die fünftausend Meter auf dem Laufband und jetzt die Hantelübungen. Was folgt noch?"*

*„Vierzig Bahnen durchs Schwimmbecken."*

*„Das sind zweitausend Meter. Nicht übel. Hast du etwas dagegen, wenn ich dich begleite?"*

„Nein, keineswegs. Ich schwimme allerdings ohne Pause durch und mit gehobenem Tempo."

„So halte ich es ebenfalls. Warte bitte eine Sekunde. Ich ziehe mir nur rasch meine Schwimmsachen an."

Als Nina nach kaum zwei Minuten erneut erschien, fielen Peter beinahe die Augen aus dem Kopf. Der sehr knapp geschnittene Einteiler ließ erahnen, was sich darunter verbarg. Peter paddelte bereits im großen Schwimmbecken mit den zwei fünfzig Meter Bahnen.

„Mach besser den Mund zu, Peter, sonst ertrinkst du mir noch und ich muss dich wiederbeleben."

„Ich glaube, da gibt es schlimmeres zu erleben."

„Schwimm schon mal los, Peter. Ich hole dich dann wieder ein."

Dieser Spruch kam bei Peter nun gar nicht gut an. Er war ein bekannt guter Schwimmer und schon einmal schottischer Juniorenmeister auf der Langstrecke gewesen. Diese Bemerkung wollte er jetzt nicht so einfach auf sich beruhen lassen. Der smarten Nixe würde er schon zeigen, was in ihm steckte. Wie gewohnt startete er mit Brustschwimmen. Kurz vor seiner ersten Wende vernahm er, dass Nina nun auch ins Wasser gesprungen war. Ohne sich etwas anmerken zu lassen, verschärfte er unmerklich das Tempo. Bereits nach der dritten Wende hatte Nina ihn eingeholt. Sie schwamm sauber neben ihm, ohne sich dabei scheinbar ernsthaft anzustrengen. Nach der fünfzehnten Wende begann Peter zu kraulen. Dabei steigerte er noch einmal sein Tempo, was Nina ebenfalls nicht sonderlich beeindruckte. Nach der dreißigsten Wende ging Peter zum Rückenschwimmen über, was auch Nina wie ein Profi zu beherrschen schien. Als er für die letzten drei Bahnen den Schmetterlingsmodus wählte und noch einmal richtig Gas gab, tat es ihm Nina gleich. Sie jedoch drückte jetzt noch einmal ganz besonders aufs Tempo und kam beinahe eine halbe Bahn vor ihm ins Ziel. Ordentlich außer Atem glitt Peter aus dem Becken.

*„Bist du in deinem ersten Leben Delphin gewesen, Nina?"*

Nina musste lachen.

*„Diese Frage kann ich dir leider nicht beantworten. Aber ich weiß sicher, dass ich beinahe täglich trainiere."*

Peter warf sich ziemlich geschafft auf eine Liege und schloss die Augen. Ein wenig wurmte ihn schon, dass dieses kleine Kraftpaket ihn um Längen im Schwimmen geschlagen hatte. Nina schien seine Gedanken zu erraten.

„Fahren wir noch ein wenig Rad auf dem Ergometer?"

„Keine schlechte Idee."

„Super, sagen wir fünf Kilometer in der Schwierigkeitsstufe drei?"

„Ein weiterer Kraftakt, denke ich."

„Ich trockne mich eben ab und ziehe mir etwas anderes an. Solltest du auch tun, Peter. Nicht dass du dir noch deine edelsten Teile wund scheuerst."

Grinsend verschwand Nina in der Damenumkleidekabine. Auch Peter erhob sich. Er steuerte die Herrenkabine an. Dort zog er sich die nasse Badehose aus und trocknete sich ab. Als er die Folteranlage erneut betrat, saß Nina bereits auf einem der Ergometer und radelte sich warm.

„Na, bereit für unser kleines Radrennen?"

„Ich freue mich schon den ganzen Tag auf nichts anderes."

Nina lachte laut los als sie Peters geringe Begeisterung sah.

„Dann los, Peter. Fünf Kilometer sitzen wir doch auf einem Arschbäckchen ab."

Schon strampelte Nina los und das in einem Tempo, das nichts Gutes für ihn erwarten ließ.

Peter nahm die Herausforderung an und folgte ihr digital. Nach seiner Ansicht schien er sehr gut mitzuhalten. Sechshundert Meter vor ihrem selbst gesteckten Ziel riss Nina plötzlich die Arme hoch. Sie hatte die Ziellinie bereits überfahren.

*„Erster."*

Peter ließ sich seinen Unmut nicht anmerken und strampelte die restlichen sechshundert Meter noch durch bis zum Ziel. Als er vom Sattel stieg, spürte er nicht mehr viel.

*„Ist schon ein verdammt taubes Gefühl im Schritt, nicht wahr, Peter?"*

*„Kann man so sagen."*

Peter warf sich auf eine Liege und schloss die Augen.

*„Jetzt helfen drei Saunagänge. Nachher fühlst du dich wie neu geboren."*

*„Das ist deine bisher beste Idee, Nina. Dann lass uns los."*

Gemütlich schlenderten sie zum Saunabereich.

*„Hier ist der Übungsraum für Kampfsport. Hast du dir den schon einmal angeschaut?"*

Ohne wirklich ihre Antwort abzuwarten, öffnete Peter die Türe und betrat den Raum. An den Seiten standen mannshohe Säulen aus Holz, die am Boden befestigt waren und denen ein Medizinball als Kopf diente. Auf dem gesamten Boden ausgebreitet lag eine dicke Gummimatte, die die Übenden beim Hinstürzen vor schweren Blessuren schützen sollte.

Peter legte seine Handtücher beiseite und begann den ersten Medizinball von der Holzsäule zu treten.

*„Nicht übel für einen älteren Herrn."*

Peter legte seine Stirn in Falten. Ein deutliches Zeichen, das er sich gerade geärgert hatte.

*„Komm rüber, Küken, ich bringe dir ein paar Griffe bei?"*

*„Griffe? Meinst du etwa Judo? Ich mache Krav Maga."*

*„Das trifft sich außerordentlich gut. Man begegnet selten Krav Maga Kämpfern. Ich wurde in Israel ausgebildet."*

*„Was für ein Zufall. Ich auch. Sechs Monate lang. Wollen wir ein wenig kämpfen?"*

*„Ok, aber ohne Körperkontakt."*

*„Kein Problem. Hast du etwa Angst, ich könnte deiner Karosserie ein paar blaue Flecken zufügen?"*

*„Warten wir mal ab, wer hier nachher blaue Flecken hat."*


Nina und Peter gingen beide in Stellung. Ohne Vorwarnung griff Nina an und die Kleine war verdammt gut. Peter wurde ständig in die Defensive gedrückt. Geschickt wehrte er jeden Angriff ab. Doch irgendwann spürte er seine Radtour, seinen Schwimmausflug, seine Hantel-spiele und den Run auf dem Laufband und die damit schwindenden Kräfte. Nina verzieh keine

Nachlässigkeit. Plötzlich traf sie ihn ungewollt mit ihrem Fuß mitten auf sein Sternum. Wie ein Luftballon, aus dem die Luft entwich, ging Peter zu Boden.

*„Entschuldige Peter, das wollte ich nicht."*

Sie bückte sich zu ihm herunter und legte Peters Kopf in ihre rechte Armbeuge.

*„Geht´s wieder?"*

Die Sternchen, die eben noch um Peters Kopf tanzten, verabschiedeten sich allmählich.

*„Super Treffer, Nina. Ich glaube, ich habe das Schlimmste überstanden."*

*„Oh Gott, da bin ich aber froh. Bist du auch wirklich nicht böse auf mich?"*

*„Aber nicht doch. Wir hatten uns ja nicht zum Softballmatch verabredet."*

*„Komm, ich helfe dir auf und dann nichts wie ab in die Sauna."*

*„Ja, danke dir, Nina."*

Am Eingang in den Saunabereich deckten sie sich mit jeder Menge Handtüchern ein. Nina lief gleich weiter zu den Duschen. Blitzschnell zog sie sich völlig aus und wusch sich den Schweiß vom Körper. Weil Peter ein völlig normales Verhältnis zu seinem wie auch zum weiblichen Körperbau besaß, zog er sich ebenfalls aus und duschte. Kurz nach dem Körperauffrischen, trockneten sie sich ab und legten sie sich der Länge nach auf die oberste Stufe der ausladenden Saunabänke. Die Wärme tat den strapazierten Muskeln und Gelenken gut. Aus dem Augenwinkel betrachtete er heimlich seine Sparringspartnerin. Auf Ninas Körper befand sich nicht ein einziges Haar, sah man einmal von der Kopfbehaarung ab. Ansonsten hätte diese Figur auch einer Hochleistungssportlerin gehören können. Noch während Peters Blick auf ihren frech vorstehenden Brüsten lag, schaute sie ihn an.

*„Ich scheine dir ja zu gefallen, so wie du mich betrachtest."*

*„Betrachten ist sicher die falsche Bezeichnung. Aber du bist in der Tat ein hübsches Mädchen."*

*„Dein Body gefällt mir allerdings auch wirklich gut. Ich meine nicht nur den Körper, sondern alles drum herum ebenfalls. Hast du heute Abend schon etwas vor?"*

*„Du denkst jetzt speziell an das drum herum, Nina?"*

*„Vielleicht?"*

*„Ich wollte den heutigen Abend gemütlich auf meiner Couch verbringen, ein wenig fernsehen und früh schlafen gehen."*

*„Hört sich nach totalem Relaxen an. Darf ich mitmachen?"*

Peter schien etwas verdutzt aus der Wäsche zu schauen. Er dachte kurz nach.

*„Das heißt, du möchtest gemeinsam mit mir auf dem Sofa über das langweilige Fernsehprogramm einschlummern, nachdem wir ein paar Brötchen mit frischem Roastbeef und Sahnemeerrettich verspeist haben?"*

*„Wenn du noch ein Brötchen für mich übrig hast, gern."*

*„Hätte ich."*

*„Ja, dann bringen wir das hier noch zu Ende und gönnen uns die totale Entspannung."*

Ein wenig kam Peter ins Grübeln. Sein Bett war sicher noch nicht ganz kalt, nachdem er Gwen nach Hause gebracht hatte und jetzt schon wieder ein anderes Mädel. Sein Verbrauch an Frauen hatte sich erheblich gesteigert. Doch konnte ihm dies nicht völlig egal sein? Wer sollte ihm dies verübeln? Schließlich war er ungebunden. Vielleicht war Nina ja auch die letzte Frau, mit der er das Bett teilte.

## 6

Nach ausgiebiger Körperpflege fuhren sie mit dem Lift hinauf in sein Penthouse. Nina stellte ihre Sporttasche im Flur ab und lief staunend in seinen Wohnbereich.

„Das ist aber eine geile Wohnung. Dürfte knapp so um die eine Million Pfund gekostet haben. Bist du Auftragskiller?"

Peter lachte laut los über die ihm von Nina zugedachte Berufsbezeichnung.

„Also, die Menschen, die mich bisher hier besucht haben, rätselten ja immer gewaltig hin und her, wie ich an diese Wohnung gekommen sein könnte. Doch Auftragskiller ist wirklich mal etwas ganz anderes. Wie kommst du denn darauf?"

„Nun dein Körper ist übersät mit Stich- und Schusswunden. Ich denke, die hast du dir nicht bei eifersüchtigen Ehemännern geholt."

„Da gebe ich dir vollkommen Recht. Um jedoch deinen Wissensdrang zu befriedigen, die Wohnung hat mir mein Dad geschenkt. Ich entstamme dem schottischen Hochadel. Meine Eltern sind recht wohlhabend."

„Wow, ein echter Prinz. Ich lass dir mal meine Karte hier, damit ich dich eventuell bei irgendeinem Event beschützen kann, Hoheit, wenn du das Haus verlässt."

„Das musst du mir jetzt aber erklären."

„Das ist leicht gesagt, Peter. Ich studiere Flugzeugtechnik und finanziere mir mein Studium als Personenschützerin bei dem größten Unternehmen Englands und durch Minijobs wie die Aufsicht hier im SPA-Bereich."

„Hast du auch eine Schießausbildung erfahren?"

„Ja, natürlich. Ich wurde an verschiedenen Faustfeuerwaffen, Gewehren und automatischen Waffen ausgebildet. Auch der Gebrauch von panzerbrechenden Waffen sowie Boden-Luftraketen ist mir bekannt."

„Du solltest mir in der Tat deine Karte hier lassen, damit ich dich zu meinem Schutz buchen kann."

„Und was machst du wirklich beruflich, wenn es nicht die gehörnten Ehemänner waren, die dir die Lochmuster in deinen Körper gebrannt haben?"

„Ich bin bei der städtischen Müllabfuhr und fahre so ein großes Entsorgungsauto. Jedes Mal, wenn die Bürger ihre Tonnen mit Dingen befüllen, die da nicht herein gehören, kommt es zu Auseinandersetzungen, die es zu schlichten gilt und da passieren leider immer wieder die wildesten Sachen."

„Ok, du willst und darfst nicht darüber reden. Hab schon verstanden."

„Komm, werfen wir unsere Sportsachen kurz in die Waschmaschine."

„Oh, ein sauberer Junge. Gut, hier hast du die Sachen. Und jetzt gibt es Essen?"

„Du hast also Hunger?"

„Genauso ist es."

„Dann sollten wir nicht länger zögern und aufdecken."

Nina setzte sich auf einen der Hocker in seiner großen Küche und schaute Peter beim Zubereiten ihres Abendessens zu. Er schnitt die Brötchen auf, drapierte seine ausgesuchten Wurstbestände auf einem kleinen Teller aus und öffnete eine Flasche guten Rotwein dazu.

*„Das sieht verdammt lecker aus."*
*„Das will ich hoffen. Greif zu."*

Die Qualität des Roastbeefs war hervorragend. Der von Peter dazu ausgesuchte Rotwein ebenfalls und schon bald fütterten sie sich gegenseitig mit Cornichons und Silberzwiebeln. Schnell hatten sie die Flasche Rotwein geleert. Am Ende ihres Abendessens räumten sie gemeinsam ab und befüllten die Spülmaschine. Peter servierte noch köstlichen Espresso und schenkte jedem als Absacker einen Whisky von Vaters bestem Scotch ein. Zusammen krabbelten sie unter die kuschelige Decke auf Peters Sofalandschaft. Noch bevor die Abendnachrichten zu Ende waren, schliefen sie bereits tief und fest. Kurz vor Mitternacht erwachte Peter. Ohne Umschweife griff er sich den leichten Körper von Nina und trug sie in sein Bett. Mit einem dezenten Knurren tat sie kund, dass ihr seine Maßnahme in Gänze zusagte.

## 7

Sergeant Bisom griff nach dem Schulterstück seines schweren MGs. Er ging sofort in Stellung. Ihm war vollends bewusst, dass eventuell das Leben seiner Kameraden in seinen Händen lag, wenn es beim Vorrücken zu Problemen kam und er ihren Rückzug decken musste. Er winkte kurz seinem Kameraden in der Werferstellung circa 50 Meter von ihm entfernt zu. Als dieser den Daumen als Zeichen dafür hob, das alles in Ordnung sei, beobachtete er aufmerksam die Umgebung. Es dämmerte bereits, sodass er auf das Nachtsichtglas, das fest an seinem Helm montiert war, verzichten konnte. In etwa dreihundert Meter Entfernung konnte er seine Kameraden erkennen, die wie Ameisen langsam und vorsichtig Richtung gegnerische Stellung vorrückten. Sie lagen gut in der Zeit. Lief alles nach Plan, würde sie morgen Abend der Hubschrauber am vereinbarten Treffpunkt wieder aufnehmen und ins Camp zurückfliegen. Doch mit einmal riss ihn ein lauter Explosionsknall aus seinen Gedanken. Er konnte genau erkennen, wie seine Kameraden Deckung suchten und scheinbar nicht fanden, da sie von der Seite angegriffen wurden. Ungewöhnlich. Hatte sie etwa jemand verraten? Sergeant Bisom schob langsam den Sicherungsbügel hoch. Hundert Schuss standen ihm jetzt zur Verfügung bevor er einen neuen Gurt einlegen musste. Laut seines Entfernungsmessers stellte er die Visierung nach. Die Möglichkeit, ins Gefecht einzugreifen, war nun gegeben. Sein rechter Zeigefinger ruhte auf dem Abzug. Freies Schussfeld lag, ohne das er seine Kameraden gefährden würde, vor ihm. Doch als er entschied abzudrücken, traf ihn von hinten ein Schlag mit einem extrem scharfen Breitschwert. Sein Kopf rollte nach vorn. Sergeant Bisom spürte keinen Schmerz. Lediglich seine Arm- und Beinmuskeln ließen seinen Körper kurz zucken. Eine Fontäne aus Blut schoss aus seinem Hals. Der Mann mit dem Schwert trat Bisons leblosen Körper zur Seite und übernahm das MG. Dass dabei der Kopf des Ungläubigen ein Stück die Anhöhe herabrollte, störte den Kämpfer nicht im Geringsten.

Staff-Sergeant Mahoun im Nachbarstand, der den Granatwerfer bedienen sollte, traf das gleiche Schicksal wie Sergeant Bisom. Auch sein Blut spritzte in einer großen Fontäne in die Natur und versickerte dort, ohne einen wirklichen Zweck erfüllt zu haben und auch er verlor seinen Kopf irgendwo in der irakischen Wüste.

Als Peter erwachte spürte er, dass sich Nina in seine Armbeuge hinein gekuschelt hatte und wie ein Baby tief und fest schlief. Wenn er sie nicht wecken wollte, musste er sein Bedürfnis, die Toilette aufzusuchen zurückstellen. Doch weil dieser Druck ihn nicht wieder einschlafen ließ, bewegte er sich ein wenig hin und her.

*„Möchtest du zur Toilette gehen, Peter?"*

*„Wenn ich damit deiner Nachtruhe kein jähes Ende bereite, gern."*

*„Ich muss auch, geh ruhig."*

*„Wir haben hier zwei WCs. Komm, du rechts herum, ich nehme die linke Seite."*

Lachend liefen beide ihres Weges. Wenig später trafen sie sich wieder in seinem Bett.

Sofort kuschelte sich Nina wieder an Peter. Doch das war kein Heranpirschen, um Peter zu animieren, mit ihr zu schlafen. Sie suchte einfach seine Nähe.

*„Das Wetter ist richtig schön, Peter. Ich hätte Lust, mit dir ein wenig an der Themse entlang zu joggen. Was hältst du davon?"*

*„Eine gute Idee, Nina. Übrigens, einen schönen guten Morgen. Hast du gut geschlafen?"*

*„Wie ein Murmeltier."*

*„Wenn du von ein wenig an der Themse entlang joggen sprichst, komme ich dann heute noch nach Hause?"*

Nina lachte. In diesem Lachen lag etwas Herzliches, Liebes.

„Wir müssen es ja nicht übertreiben. Außerdem muss ich um eins meinen Job als Aufpasserin im SPA-Bereich antreten. Zwischendurch würde ich mir gern noch saubere Sachen von zu Hause holen. Mit dem Bus im Sonn- und Feiertagsbetrieb bin ich ganz sicher eine Stunde unterwegs."

„Dann mache ich dir folgenden Vorschlag: Es sind jetzt neun Uhr. Wir laufen ein Stündchen, dann machen wir uns hier frisch und ich fahre dich nach Hause. Du packst dort in Ruhe deine Sachen zusammen und ich nehme dich wieder mit hierher."

„Das würdest du für mich tun?"

„Ja, wieso nicht?

„Weil ich bisher noch keinem Mann begegnet bin, der dafür nicht eine Gegenleistung haben möchte. Was jetzt nicht heißt, dass ich nicht gern mit dir schlafen möchte, Peter. Nur jetzt geht das gerade nicht wirklich."

„Ich fahre dich ganz sicher nicht nach Hause, damit du mit mir schläfst, Nina. So etwas soll sich aus der Situation heraus ergeben."

„Du bist wirklich lieb, Peter. Auf unseren Moment freue ich mich jetzt schon."

Nina legte Peter beide Hände um den Kopf und küsste ihn sehr liebevoll.

Peter hatte es sich schon so gedacht, dass für Nina ein wenig an der Themse entlang joggen für ihn ein

Hochleistungsrennen darstellte. Und doch machte es ihm Spaß. Nach einer halben Stunde Laufen ließen sie sich für eine kurze Pause auf eine Bank fallen. Normalerweise benötigte Peter für die gleiche Strecke beinahe fünfzehn Minuten länger. Doch das gemeinsame Joggen machte so richtig Spaß. Beim Rückweg zu Peters Penthouse ließen sie es etwas ruhiger angehen.

*„Können wir hier bei dem Drugstore kurz halten, Peter. Ich habe keinen einzigen Tampon mehr."*

*„Ja natürlich, geh rein. Hast du Geld dabei?"*

*„Oh, verdammt, nein."*

*„Kein Problem, hier sind fünf Pfund."*

*„Das ist mir jetzt sehr peinlich, Peter. Kriegst du nachher wieder."*

*„Das will ich schwer hoffen."*

Peter lachte, während Nina in dem Drogeriemarkt verschwand.


*„Möchtest du die große Dusche oder die in meiner Gästetoilette benutzen, Nina?"*

*„Ich kann auch runterfahren und im SPA duschen."*

*„Das fehlte noch. Ich empfehle dir meinen Dusch-tempel. Darin zu duschen macht richtig Spaß."*

*„Magst du mich dorthin begleiten?"*

*„Aber nur duschen."*

Nina lachte und zog sich völlig aus. Peter folgte ihr.

Tatsächlich schienen beide kurz überlegt zu haben, es nicht bei der reinen Körperpflege zu belassen. Doch es blieb bei der Überlegung.

„Können wir dann los?"

„Ja klar. Moped oder Auto?"

„Moped ist super. Hätte ich dir gar nicht zugetraut."

„Na also, so alt sehe ich ja wohl noch nicht aus, als dass ich kein Motorrad mehr bewegen könnte. Komm, wir schauen mal nach einer Kombi für dich."

Lachend folgte Nina ihm zu seinem begehbaren Kleiderschrank.

„Wow, hast du viele Klamotten. Ziehst du die auch alle an?"

„Aber sicher doch und damit alle mal vor die Türe kommen auch übereinander."

„Sind das deine dunkelblauen Westen, die du trägst, wenn du den Müllwagen fährst?"

„Ja genau, Markenwesten sitzen besser als die von der Stange."

Peter gefiel Ninas Humor. Sie lachte gern, wie er selbst auch. Ganz sicher war dies der Grund, warum so viele Lachfältchen ihre Augen zierten.

„Hier, nimm die dunkelblaue Kombi. Die sollte dir passen."

„Sortierst du die passend zur Haarfarbe deiner Mädels?"

*„Du bist, auch wenn du mir das jetzt bestimmt nicht glaubst, die Erste, der ich eine Kombi leihe."*
*„Dann nehme ich die Blaue."*

Nina sah einfach klasse aus in der blauen Motorrad-Kluft. Peter hatte den Lift gerufen und war mit ihr ins Parkgeschoss gefahren. Nachdem sie mehrere Feuerschutztüren passiert hatten, standen sie vor Peters verschlossener Doppelgarage. Als er das Tor öffnete, staunte Nina nicht schlecht.
*„Boh, eine Tausender Norton. Darf ich fahren?"*
*„Ich glaube nicht, dass du mein Schätzchen bewegt bekommst, Nina."*
*„Warum nicht. Ich habe sämtliche Führerscheine für zwei- und vierrädrige Fahrzeuge. Außerdem besitze ich die Fahrerlaubnis für alle Ketten- und Schienenfahrzeuge. Da sollte mir ein Ausflug auf deiner Norton kaum schwerfallen. Außerdem weiß ich ja besser, wo ich wohne, als du. Du müsstest mich während der Fahrt dauernd fragen."*
*„Na gut, du Quälgeist. Dann bring uns mal unversehrt zu deiner Wohnstadt."*

### 8

Peter erkannte sofort, dass Nina nicht zum ersten Mal ein schweres Motorrad bewegte. Schnell hatte sie sich an das Kupplungs- und Bremsverhalten der Norton gewöhnt. Geschmeidig und keinesfalls unsicher schwamm Nina im ruhigen Sonntagsverkehr durch die englische Metropole, bis sie die Auffahrt zur Stadtautobahn erreichte. Ohne zu rasen gab sie Gas. Zwanzig Minuten später rollten sie vor dem Universitätsgelände vor.

*„Da sind wir schon. Und? Lebst du noch?"*

*„Wieso? Du bist doch super gefahren."*

*„Danke, Peter, dann folge mir in mein Reich."*

Ninas Studentenbude hinterließ einen sehr sauberen und aufgeräumten Eindruck. Er musste an seine Studentenzeit zurückdenken. Doch er konnte sich nicht erinnern, einmal ein so ordentliches Zimmer sein Eigen zu genannt zu haben.

*„Warum lächelst du, Peter?"*

*„Ich dachte gerade an meine Studienzeit und meine Bude zurück. Bei mir war es nie so sauber und ordentlich."*

*„Na ja, ich habe erst vorgestern aufgeräumt."*

Nina packte ein paar Sachen zusammen und stopfte alles wieder in den kleinen Rucksack.

*„Fertig, wir können los. Vielleicht servierst du mir nachher noch einen Kaffee?"*

*„Das dürfte eine meiner leichtesten Übungen sein. Sag mal, die Bude hier ist sicher nicht ganz billig. Bist du auch eine Königstochter mit wohlhabendem Papi?"*

*„Schön wäre es. Ich habe sehr früh ein Stipendium von Vater Staat erhalten. Dafür muss ich mich richtig reinhängen und die Regelstudienzeit einhalten. Wie schon gesagt studiere ich Flugzeug- und Raketentechnik. Den Bachelor habe ich bereits gemacht. Nächstes Jahr folgen mein Master- abschluss und die Promotion. Weil ich alle Scheine mit sehr gut bestanden habe, ermöglichte man mir, die ganzen Führerscheine zu machen. Darüber hinaus habe ich bereits mit der Pilotenausbildung für Motorflugzeuge und Hubschrauber begonnen. Macht sehr viel Spaß."*

*„Da kann ich mit meinem Müllkutscher- führerschein natürlich nicht wirklich mithalten."*

*„Tröste dich, ich habe keine Vorurteile gegen Müllkutscher. Dann fliege ich dich halt ein wenig durch die Gegend, wenn ich die Scheine bestanden habe. Wollen wir dann los?"*

Auch die Rückfahrt auf der Norton nach London überließ ihr Peter. Sie war wirklich ein Naturtalent, was das Bewegen von Motorrädern betraf. Natürlich löste Peter sein Versprechen ein und kredenzte noch einen leckeren Cappuccino. Nina hatte sich völlig ausgezogen und sich zum Sonnen auf seiner Terrasse auf einer Liege ausgebreitet.

„An das Leben mit dir könnte ich mich glatt gewöhnen. Per Knopfdruck fahre ich runter zu meinem Arbeitsplatz. Der Hausherr serviert gute Küche und Kaffeespezialitäten und lässt mich sein Motorrad fahren. Außerdem duftet keine deiner Westen nach Müll."

Peter musste lachen.

„Ich benutze so ein Klamottenspray, damit man den Geruch von Müll nicht so wahrnimmt."

Nina lachte herzlich los.

„Ich habe noch nie einen Mann getroffen, der mich wirklich zum Lachen bringt."

Peter setzte sich zu ihr auf die Liege. Nina griff mit beiden Händen nach seinem Kopf und zog ihn zu sich heran. Es folgte ein inniger Kuss. Nina streichelte Peter. Auch Peter strich sanft über ihren Körper. Natürlich blieb ihm nicht verborgen, dass sich ihre Brustwarzen frech aufstellten.

„Es geht heute leider nicht, Peter. Sunday, bloody sunday. Wir holen das in ein paar Tagen nach und dann wird es ganz besonders schön."

„Ist schon ok. Dann haben wir doch etwas, worauf wir uns gemeinsam freuen können."

„Das sehe ich auch so. Wann hast du wieder müllfreie Zeit?"

Peter verzog sein Gesicht.

„Ich verstehe schon. Du kannst es nicht sagen. Meine Telefonnummer hast du ja. Ruf mich an, wenn du von der Kippe zurück nach Hause unterwegs bist."

„Das mach ich ganz bestimmt."

Sie knutschten noch ein wenig herum, bis Nina in den SPA-Bereich aufbrach, um ihren Job anzutreten.

Als Nina gegangen war, fühlte sich Peter nach langer Zeit mal wieder wirklich alleine. Mit der Fernbedienung schaltete er seine sündhaft teure HiFi-Anlage ein. Warum er allerdings den Song Sunday, bloody Sunday wählte verstand er nicht so wirklich. Wie es schien hatte er sich ein bisschen in Nina verguckt. Ein sehr seltenes Phänomen für seine Verhältnisse. Am Abend kochte er sich noch sein Leibgericht. Kurz nach einundzwanzig Uhr wollte er Nina einfach noch einmal wiedersehen. Er drückte den Liftknopf und fuhr in den SPA-Bereich. Doch dieser war bereits geschlossen und Nina nach Hause gefahren. Traurig fuhr er zurück in seine Wohnung. Wenig später ging er zu Bett.

## 9

Peter schlief schlecht in dieser Nacht. Immer wieder erwachte er. Ein Alptraum jagte den nächsten. Gegen sechs Uhr stand er auf, duschte und frühstückte. Kurz vor halb acht fuhr er mit dem Auto ins Headquarter des MI6. Als er die Türe zum Vorzimmer des großen Bosses vom Britischen Geheimdienst öffnete, saß Miss Fitchen hinter ihrem Schreibtisch und floss wie gewöhnlich dahin, als sie Peter sah.

„Hallo, Peter, was für eine Überraschung. Gut sehen Sie aus. Sie können gleich durchgehen. Mister Sharp erwartet Sie bereits."

„Hallo, Moneypenny, das Kompliment gebe ich gern zurück. Waren Sie in Urlaub?"

„Ja, Peter. Ich war an der Amalfiküste. Es war einfach traumhaft."

„Und warum haben Sie mich nicht mitgenommen?"

„Ich glaube, Sie waren gerade irgendwo in Afrika in Sachen Job unterwegs."

„Das holen wir nach, Miss Fitchen. Ich gehe dann mal rein."

„Ja, tun Sie das, Peter. Hier brennt wieder heftig die Luft. Der Chief erwartet Sie bereits."

Gewohnt smart betrat Peter das Büro seines Chefs, der sofort von seinem Schreibtischsessel aufsprang und auf Peter zu lief.

„Hallo, Peter, pünktlich wie eh und je."

„Guten Tag, Sir, Colonel McCord meldet sich zurück. Auftrag erfolgreich ausgeführt. Den Stick sollten Sie bereits in Händen halten."

„Ja, Peter, den habe ich in der Tat schon bekommen. Die Auswertung durch unsere Spezialisten läuft bereits. Doch viel wichtiger ist, dass Sie Abercrombie Hays da rausgehauen haben. Wie ich hörte, mussten Sie dafür sogar die Brechstange ansetzen."

„Nun, Sir, anders war den Mafialeuten in Lagos leider nicht beizukommen."

„Egal, Peter, Hauptsache ist, dass Sie und Hays hier in einem Stück wieder lebend angekommen sind. Nochmals danke, Peter. Sie wissen ja, dass Abercrombie Hays der Sohn meiner Nichte ist und seinen ersten Einsatz für den MI6 zu erledigen hatte. Sind ihm gravierende Fehler unterlaufen, Peter?"

„Ganz sicher nicht, Sir. Die Verhältnisse in Lagos sind völlig unübersichtlich und sehr gefährlich, vor allem, wenn man sich dort mit den falschen Leuten anlegt. Abercrombie hat eine Menge Glück gehabt, weil ich rasch sein Gefängnis fand. Es war ein sehr schwerer Auftrag, dafür das er das erste Mal an die Front musste. Erledigt, Chief. Schwamm drüber. Liegt etwas an oder kann ich drei Wochen Urlaub machen?"

„Urlaub machen ist nicht drin, Peter. Wir haben hier sogar Alarmstufe rot für den Bereich Irak und alle unsere dortigen Stützpunkte."

„Ups, was ist da los, Chief?"

„Ist Ihnen der Name Colonel Hazel geläufig?"

„Soweit ich informiert bin, ist Hazel der erfolgreichste Jagdflieger der Royal Airforce seit dem Zweiten Weltkrieg. Was er aber jetzt macht dazu kann ich nichts sagen."

„Dachte ich mir. Ist aber nicht weiter tragisch. Colonel Hazel wurde von der Generalität ein Unterstützungsgeschwader im Irak aufs Auge gedrückt. Eigentlich wartet er nur noch auf seinen Ruhestand. Hazel ist bei seinen Leuten mehr als beliebt. Doch die Tornados seines Geschwaders werden sabotiert. Alle bisher durchgeführten Maß-nahmen, den oder die Saboteure zu überführen, sind fehlgeschlagen. Vor etwa zehn Tagen verlor er während eines Routineeinsatzes zwei Maschinen samt Piloten, weil die Raketenabwehrsysteme an den Tornados nicht funktionierten. Als er dann von den Alliierten den Auftrag erhielt, Teile des vierten amerikanischen Infanterie-Bataillons, das bei einem Einsatz ein wenig zu schnell ohne Rücken-deckung vorgeprescht war, zu unterstützen, kam es zum Desaster. Hazels Tornado wurde von einer Rakete getroffen. Doch er war vorher ausgestiegen. Dafür stürzten drei weitere Maschinen ab. Eine

*Pilotin kam ums Leben, die beiden anderen Piloten hat ein Rescueteam nach Hause geholt. Seit diesem Zeitpunkt gilt Hazel als verschollen. Das Verteidigungsministerium hat sofort reagiert und eine Navy Seals Einheit losgeschickt. Dank gezielter Luftaufklärung mittels Drohnen konnte ein geheimes Camp des IS aufgespürt werden, in dem man Hazel vermutete. Die Seals gerieten in einen Hinterhalt. Man vermutet, dass dieselben Saboteure dahinterstecken, die auch die Tornados des Geschwaders sabotierten."*

*„Nun, Sir, alles eine furchtbare Sache und sicher ein Fall für den Militärischen Abschirmdienst."*

*„Eigentlich schon, doch dann traf gestern Abend eine Videobotschaft im Geschwaderzentrum ein. Sehen Sie selbst, Peter."*

*„Dies ist eine Nachricht an die ungläubigen Führer der britischen Streitkräfte. Eure Kameraden befinden sich in unserem Gewahrsam. Zwei von euch sind bereits gestorben."*

Es folgte eine Einblendung einer Videosequenz, die zeigte, wie den beiden Soldaten in ihren Geschützständen von hinten ihre Köpfe abgeschnitten wurden und ihr Blut wie aus einem Vulkan heraus in die Natur spritzte. Danach traten zwei völlig vermummte Krieger die Köpfe der Soldaten wie Fußbälle in die Weite der Wüste.

„Die übrigen Soldatinnen und Soldaten befinden sich in unserer Gewalt. Wir fordern als Lösegeld zehn Millionen amerikanische Dollar, zehn Boden-Luft-Raketen vom Typ Stinger und die Freilassung der zwanzig Gotteskrieger, die sich in eurem Gewahrsam befinden. An jedem Tag, an dem ihr unserer Forderung nicht nachkommt, werden wir zwei eurer Kameraden töten und damit ihr nicht denkt, dass wir bluffen oder eure Leute sich in einem Ferienkamp aufhalten, hier ein paar Beweisfotos."

Die Bildsequenzen, die dann folgten, ließen selbst der Nummer eins des Britischen MI6, der schon viele Grausamkeiten mitansehen musste, die Magensäure in die Höhe steigen. Auf dem ersten Filmausschnitt war eindeutig der bis zur Brust in den Sand eingegrabene Körper von Colonel Hazel zu erkennen. Seine Gesichtshaut wie auch die seiner Brust war von der sengenden Sonne aufgeplatzt. Irgendwann trat eine vermummte Gestalt hinter Hazel und schüttete ihm einen Eimer mit undefinierbarer brauner Flüssigkeit über den Kopf.

- Cut –

Während der erste Filmausschnitt tonlos über-mittelt wurde, vernahm Peter jetzt das Gewimmer einer Frauenstimme. Die Kamera schwenkte herum zu einem Tisch, auf dem eine junge Frau nackt und breitbeinig gefesselt lag, zwischen deren Schenkel abwechselnd vermummte Männer traten, um sie immer wieder zu vergewaltigen. Von ihren Schmerzschreien war nur noch ein Gewimmer geblieben.

- Cut –

*„Wie ihr seht, leben eure Kameradinnen und Kameraden. Doch wie lange noch, liegt in euren Händen. Wir erwarten eure Antwort. Morgen um die gleiche Zeit sterben der alte Mann und die junge Frau, wenn wir keine befriedigende Antwort erhalten haben."*

Bevor Simon Sharp wieder das Wort ergriff, lag eine beklemmende Ewigkeit Stille im Raum.
*„Nun, Peter, es tut mir leid, dass ich Sie bereits am frühen Morgen mit solchen Grausamkeiten konfrontieren muss, aber das ist zurzeit Thema Nummer eins."*
*„Das kann ich gut verstehen, Sir."*
Peter antwortete mit belegter Stimme.
*„Die Amerikaner haben spontan ihre Hilfe angeboten und wollten mit ihrer zweiten Panzer-brigade und Teilen des vierten Infanterieregimentes das Lager stürmen. Nur ein solches Vorgehen würde*

*keine unserer Geiseln lebend überstehen. Auch ein gezielter Luftschlag durch die Amerikaner wurde bereits verworfen. Wir haben nur eine einzige wirksame Waffe, die wir ins Feld schicken können, Peter und das sind Sie. Doch Sie werden nicht alleine gehen, Peter. Wir stellen Ihnen Leutnant Brennan an Ihre Seite. Brennan steht auf dem Sprung, in unsere erste Garde aufzusteigen und benötigt Einsatzerfahrung."*

*"Muss das sein Sir? Ein Greenhorn in einen so gefährlichen Einsatz zu schicken halte ich für ein Himmelfahrtskommando."*

*"Peter, glauben Sie mir, ich habe mir schon etwas dabei gedacht. Brennan ist topp ausgebildet und wird Ihnen eine wirkliche Unterstützung sein. Machen Sie sich selbst ein Bild."*

Simon Sharp griff nach dem Telefonhörer.

*"Misses Fitchen? Schicken Sie mir bitte Leutnant Brennan herein."*

Peter traf beinahe der Schlag, als der Leutnant das Büro des MI6 Chefs betrat.

*"Nina? Was machst du denn hier?"*

*"Hallo, Peter, ich reinige die anderen Stadtteile Londons."*

*"Ich kann Ihnen beiden zwar nicht ganz folgen, aber Sie werden mich sicher in Kenntnis setzen."*

Peter erzählte, dass sie sich vorgestern in seinem SPA-Bereich kennengelernt hatten und was es mit der Verbindung zur Müllabfuhr auf sich hatte. Sharp musste laut lachen, auch wenn die Situation nicht gerade dazu Anlass gab.

*„Ja, Nina, von unserem Peter können Sie noch eine Menge lernen."*

*„Sagen Sie das mal nicht so laut, Sir. Sportlich steckt mich unser Leutnant locker in die Tasche."*

*„Trotzdem gibt es sicher noch viele Dinge, die sie von Ihnen lernen kann, Peter."*

*„Durchaus Sir, ich hoffe wir überleben den Einsatz. Dann kann mir Peter noch das Fliegen diverser Fluggeräte beibringen."*

*„Wollen wir erst einmal schauen, dass wir den Einsatz über die Bühne bringen, Nina. Gibt es schon Ideen unserer technischen Abteilung, wie wir zu dem Lager gelangen können und vor allem mit dem ganzen Tross Leute sicher zurück?"*

*„Das müssen Sie mit Dr. Snyder besprechen. Er ist über alles vor Ort bestens informiert."*

*„Das behaupten zwar alle Techniker, aber hören wir uns mal an, was er sagt."*

*„Das heißt, Sie beide nehmen den Auftrag an?"*

*„Haben wir eine andere Wahl, Chief. Sie bringen fertig und schicken mich im Fall meiner Ablehnung Strafzettel auf Londons Einkaufsmeile verteilen."*

„Nein, natürlich nicht, Peter, aber für solche Fälle bilden wir Spezialagenten aus und sie beide sind zurzeit das Beste, was wir zu bieten haben, auch wenn Frau Brennan noch neu im Geschäft ist."

„Ok, Sir, ich bin dabei."

„Ich auch, Sir."

„Dann fahren Sie runter in unser Tiefgeschoss und lassen sich dort bestens ausrüsten. Viel Glück, ihr beiden und kommt mir bitte gesund zurück."

„Wie sagt doch der Butler James im Diner for One so schön: I will do my very best. Komisch, der Spruch fällt mir immer wieder in solch schwierigen Situationen ein."

## 10

Im vierten Untergeschoss des MI6 Gebäudes hauste Dr. Snyder mit seinem Team. Hier tief unten in der Denkfabrik des MI6 war es in den meisten Räumlichkeiten totenstill. Es sei denn, man befand sich auf dem Schießstand, in einer der Werkstätten oder einer der vielen Testabteilungen. Im Büro von Dr. Snyder war lediglich das Summen der Klimaanlage zu vernehmen. Als Peter gleich nach dem Anklopfen, ohne ein Herein abzuwarten, die Türe öffnete, saß Snyder an seinem PC. Ohne Hast erhob er sich.

„Natürlich, wer stürmt sonst mit so viel Euphorie und Elan ohne mein Herein abzuwarten in mein Büro außer Peter McCord? Niemand. Heute bringen Sie wenigstens Ihre bezaubernde Kollegin Nina Brennan mit."

„Hallo, Doc. Ich wollte doch nur schauen, ob Sie hier in Ihrer Ruhe eingeschlafen sind oder ob Sie ordentlich fürs Vaterland denken."

„Natürlich denke ich hier unten nur fürs Vaterland. Vor allem zerbreche ich mir den Kopf, wie wir Sie beide unbemerkt ins IS Lager bekommen und dann mit so einem großen Tross wieder hinaus."

„Schön zu hören, Doc, und ist Ihnen etwas Seriöses dazu eingefallen?"

„Was hatten Sie denn gedacht, Peter? Natürlich! Hinein bekommen wir Sie und Misses Brennan bestimmt unbemerkt. Nur wegen des Rückweges sind wir uns nicht einig. Wir überlegen, ob wir uns der zweiten Panzerbrigade der Amis bedienen, die das Lager in Schutt und Asche legt, während wir Sie mit zwei Rescueteams per Hubschrauber abholen."

„Ok, Doc, beginnen wir mit dem Flug zum Lager."

„Falsch, McCord, schauen wir uns zuerst einmal das Lager aus der Drohnenperspektive an.

Doktor Snyder tippte auf einige Tasten auf seiner Tastatur. Sofort erschien eine Karte auf der großen Leinwand.

„Das ganze Lager ist laut unseren Informationen ein alter, ausgedienter russischer Bunkerstützpunkt. Wenn es der IS Trupp nicht bereits wieder umgebaut hat, befinden sich hier die Unterkünfte für etwa 30 Gotteskrieger. Dort rechts erkennen Sie ein Großzelt, in dem alles Mögliche gelagert wird, vermutlich auch Waffen, Munition und Fahrzeuge. Hinter dem Zelt wurde eine Grube ausgehoben, in der die Gefangenen gehalten werden. Alle Wege um das Lager herum sind vermint. Sehen Sie hier die lila Flecken? Das sind alles Personenminen, vermutlich aus chinesischer Produktion. Billig und sehr effektiv. Die beiden Zufahrten sind zusätzlich mit schweren Panzerminen gesichert, zu erkennen an den schwarzen Flecken. Vermutlich Minen russischer Bauart. Die ganze Anlage ist wohl in der Tat eine verlassene Bunkeranlage der Russen aus ihrer Zeit in Afghanistan."

„Nicht gerade ein Plätzchen für beschauliche Zweisamkeit, Doc."

„Nun, Peter, innerhalb des Lagers sind Sie doch sicher."

„Stimmt. Und dieser Bereich hier im Hinterland?"

„Das ist Niemandsland, ein Stück Geröllwüste, am Ende durch den Höhenzug begrenzt. Das wird Ihr Landegebiet sein. Es wird vermutet, dass der Höhenzug einen Teil der Bunkeranlage darstellt."

„Na wunderbar."

„Das ist es in der Tat, McCord. Hier bleiben Sie ganz sicher unerkannt. Wenigstens hoffen wir das. Sie sagen ja gar nichts, Misses Brennan."

„Was soll ich schon sagen. Peter und Sie geben doch alles vor."

„Wir sind aber für jeden Verbesserungsvorschlag dankbar, Misses Brennan."

„Bisher habe ich noch keine."

„Nun gut. Gehen wir jetzt in die Abteilung 1B. Dort bewahren wir alle unsere Personenfortbewegungsmittel für die Luft-, Land- und Wassernutzung auf. Einige davon dürften Ihnen bereits bekannt vorkommen, Peter. Also zumindest die, die Sie nicht kaputt gemacht haben. Folgen Sie mir bitte."

Sie verließen Doktor Snyders Büro und folgten ihm den Gang entlang zu einer schweren Stahltüre, die mittels Fingerabdruck und Irisdiagnose gesichert war. Nachdem die digitalen Sicherungssysteme Snyder identifiziert hatten, schwang die Türe auf. Hunderte LED-Lampen erhellten einen gewaltigen, hallenähnlichen Raum. Peter erkannte gleich einige der Geräte wie die Unterwasseraale wieder, mit denen er schon einige Einsätze durchgeführt hatte. Sie passierten eine Menge Regale bis Snyder vor einem vergitterten Verschlag, einem topsecret Bereich, stehen blieb.

„Da sind wir schon bei Ihren Fluggeräten. Das sind zwei identische Prototypen des EPG Personengleiters. Beide Fluggeräte sind komplett aus Kunststoffverbundteilen hergestellt. Es gibt keine metallischen Verbindungselemente. Die Befestigungen sind entweder verklebt oder mit Kunststoffbolzen zusammengefügt. Jeder Gleiter besitzt zwei in Kunststoff verkapselte E-Motoren, die mittels Solarzellen mit Energie versorgt werden. Dank der Kunststoffgehäuse sind die Gleiter von keinem Radar der Welt zu erkennen. Jedem Personengleiter stehen vierzig PS zur Verfügung was ihm zu einer gehobenen Reisegeschwindigkeit verhilft und vor allem eine Traglast von maximal 200 Kilogramm ermöglicht. Selbst wenn Sie die volle Zuladung mitnehmen, sind Sie immer noch schneller wie jedes Ultraleichtflugzeug.“

„Ich sehe nur keinen Sitz.“

„Tja, Misses Brennan, der Gleiter wird wie ein Rucksack auf den Rücken geschnallt. Ganz einfach ausgedrückt. Dann klappen Sie die beiden Flügel aus und starten den Motor. Lenken können Sie das Gefährt über Kunststoffzüge mit den Händen und den Füßen.“

„Das heißt, wir spielen Batman, Doktor Snyder?“

„Ja, so könnte man es nennen, Misses Brennan.

„Und wie transportieren wir unsere Ausrüstung?“

„Eine nicht unberechtigte Frage, Peter. Einfach ausgedrückt an Ihren Anzügen. Dies hier sind Ihre Fluganzüge. Wenn Sie sie angelegt haben, entziehen Sie ihnen mit diesem Ventil und einem Fingerdruck die Luft. Das geht sehr rasch und ist im Moment etwas unangenehm. Dann klemmen Sie diese Kunststoffbehältnisse mit diesen Schlaufen einfach am Anzug fest und schon sind Sie samt Ladung flugfertig."

„Sie sprachen von Prototypen, Doktor Snyder. Wie oft wurden die Geräte getestet?"

„Nur zweimal bisher, Misses Brannon."

„Jetzt folgt die Pointe, Nina."

„Ich stelle fest, Sie sind mit unserer Arbeit bestens vertraut, Peter. Nun, um das alles abzukürzen. Beim ersten Flug stürzten beide Piloten ab und brachen sich den einen oder anderen Knochen. Beim zweiten Flugversuch klappte es schon erheblich besser. Beide Piloten landeten sicher nach zehn Minuten Flugzeit."

„Und wie lange werden wir fliegen müssen, Dr. Snyder?"

„Da sind wir bei einem äußerst heiklen Thema angelangt. Sicher eine gute Stunde. Keine Sorge, die Anzüge werden Sie ganz sicher entsprechend warmhalten. Was wir jedoch nicht wissen ist, ob das Licht in der Dämmerung ausreichen wird, genügend Energie für die Motoren zu liefern. Die

*Solarzellen sind allerdings so empfindlich ausgelegt, dass dies ohne weiteres möglich sein sollte."*

*„Mit anderen Worten lassen wir uns einfach mal überraschen. Ok, so weit so gut. Welche Bewaffnung steht uns zur Verfügung."*

*„Diese stelle ich Ihnen nun im Folgenden vor, Mister McCord. Folgen Sie mir bitte zum Schießstand."*

Zweihundert Meter weiter den Gang entlang, vorbei an kalt weiß getünchten Wänden, öffnete Snyder die nächste Sicherheitstüre und schaltete die Beleuchtung des Schießstandes ein. Einem großen Waffenpanzerschrank entnahm er zwei Handfeuerwaffen, die eine starke Ähnlichkeit mit kleinen Maschinenpistolen aufwiesen.

*„Das sind zwei von uns weiter entwickelte Thomsen Mini-Mps Kaliber 7,62 Highspeed mit besonderen Eigenschaften. Die Munition ist hülsenlos, die Waffen sind gegen null schallgedämpft und besitzen eine Laserzieleinrichtung. Sie funktionieren im Einzelschuss wie auch im Dauerfeuerbereich. Die Magazine fassen jeweils fünfzig Schuss. Das schafft sonst kein anderes Modell. Theoretisch sind fünfhundert Schuss pro Minute möglich. Der Polygonlauf ist höchst verschleißfest und hält eine Menge Geschosse aus. Möchten Sie es mal versuchen?"*

*„Ja, natürlich."*

*„Kein Problem, für Sie steht Bahn eins zur Verfügung. Misses Brennon schießt auf der zwei. Feuer frei, die Herrschaften. Ein Gehörschutz ist überflüssig."*

Peter ging mit der Thompsen in Stellung. Der Regler stand auf Einzelfeuer. Scheibenentfernung fünfundzwanzig Meter. Ein roter Punkt tanzte auf der Zielscheibe hin und her. Dann schoss Peter los. Zwanzig Mal drückte er kurz hintereinander ab. Auf dem Bildschirm der Zielkamera las er seine Trefferquote ab. Einhundertvierundneunzig Punkte. Der Scheibe fehlte der gesamte Mittelteil. Peter ging zu Ninas Stand herüber. Als er ihre Ergebnisliste sah, blieb ihm beinahe die Spucke weg.

*„Du hast noch vier Ringe mehr erzielt. Genial, Nina. Gibt es Probleme mit der Waffe, Doc?"*

*„Nein bisher wurden keine Mängel festgestellt. Wollen Sie auch mal Dauerfeuer schießen?"*

*„Natürlich."*

Auch im Dauerfeuereinsatz beeindruckten die Leistungen der Waffen, und auch diesmal stand Nina Peter in nichts nach.

*„Gibt es noch etwas an Waffentechnik obendrauf?"*

*„Ja, Peter. Jeder von Ihnen bekommt zwanzig gefüllte Magazine a 50 Schuss für die Thompsen*

*und jeweils zehn komplett aus Kunststoff gefertigte C4 Sprengladungen. Wir haben die Ladungen in der Kunststoffausführung allerdings noch nicht ausreichend testen können. Die ersten Ergebnisse stimmten aber schon sehr zuversichtlich."*

*„Na, ist es denn schön. Mal gespannt, ob wir hier wieder in einem Stück einlaufen. Wissen Sie schon etwas über den zeitlichen Ablauf?"*

*„Nein, das wird Ihnen Simon Sharp wohl jetzt selbst erläutern."*

*„Danke für Ihre Zeit, Doc."*

*„Ist mein Job. Viel Glück euch beiden. Ehrlich gesagt, beneide ich euch nicht. Ich bin aber schon auf Ihre Berichte zur Einsatztauglichkeit unserer technischen Errungenschaft gespannt."*

*„Also müssen wir zurückkommen, damit Sie die Ergebnisse in die Serie einfließen lassen können?"*

*„Genau, Misses Brennan, oder wir geben die Projekte mangels Aussicht auf Funktionalität einfach auf."*

*„Wenn wir nicht zurückkehren?"*

*„Ja, Misses Brennan, so lauten die Spielregeln."*

Nina Brennan war anzusehen, dass sie nachdachte.

## 11

*„Kommen Sie rein und nehmen Sie bitte Platz. Es gibt erste Neuigkeiten. Unser Unterhändler hat*

*einen vierundzwanzigstündigen Aufschub mit den IS-Führern ausgehandelt. Das heißt, Sie werden erst übermorgen darüber informiert, wann Sie das Geld und die Stinger erhalten. Die Freilassung der gefangen genommenen Krieger wurde bereits vollzogen, um unseren guten Willen zu zeigen. Wie ist das Gespräch mit Doc Snyder verlaufen?"*

*„Sir, unsere technische Ausstattung ist gewohnt dürftig und befindet sich noch in den Kinderschuhen. Wenn alles gut geht, kommen wir ungesehen ins Lager. Wie wir allerdings das Lager mit den befreiten Geiseln wieder verlassen können und auf welchem Weg wir sie in Sicherheit bringen sollen, steht noch in den Sternen."*

*„Nun, Peter, Sie sind ein Improvisationstalent und auch Misses Brennan ist topp ausgebildet und sprüht vor Tatendrang. Geben Sie Ihr Bestes."*

Nina und Peter waren mit einmal sehr still geworden. Ihnen war anzusehen, dass sie sich der tödlichen Gefahr bewusst waren, in die sie sich begeben sollten.

*„Und wie geht es jetzt weiter Chief?"*

*„Sie fahren von hier aus zusammen mit einem Wagen der Fahrbereitschaft nach Stansted und übernehmen vor Ort einen Tornado Kampfjet. Sie erhalten noch eine Kurzeinweisung von Colonel McStroughten, einem erfahrenen Kampfpiloten, der unzählige Stunden im Cockpit eines Tornados*

*verbracht hat, zur Handhabung des Kampfjets. Sie starten pünktlich um 13:10 Uhr in Richtung unseres Stützpunktes in der irakischen Wüste. Ihr Rendez-vous zur Luftbetankung über portugiesischem Luftraum übernehmen die französischen NATO-Partner. Der Airbus-Tanker ist schon in der Luft. Alle Koordinaten sind bereits in Ihrem Bordcomputer eingespeichert. Sie reisen beide mit Ihren offiziellen militärischen Dienstgraden auf der Base an. Sie, Peter, sind offiziell mit der Aufklärung der Sabotage beauftragt, während Sie, Misses Brennan, Licht in die technischen Manipulationen bringen sollen. Von unserer Airbase bringt Sie unbemerkt in der Nacht ein Helikopter zur Panzerbase der Amerikaner, wo bereits Ihr Equipment für Ihren eigentlichen Einsatz auf Sie wartet. Um fünf Uhr in der Früh starten Sie mit Ihren Gleitern los. Haben Sie noch Fragen?"*

*„Nein Sir, ich hoffe nur, ich kann den Tornado noch fliegen."*

*„Wieso Peter, Sie wurden doch erst noch vor wenigen Monaten so richtig fit gemacht. Sie können den Tornado sogar auf einem Flugzeugträger landen. Schon vergessen? Also Hals- und Beinbruch, Ihr beiden. Starten Sie in die Mission mit dem Codenamen Adlersterben."*

*„Danke Sir, wir werden unser Bestes geben."*

*„Denke ich mir, Misses Brennan."*

Sobald sich Peter auf dem Weg zu einem Einsatz befand, wurde er stets sehr einsilbig. Das wusste auch Willy, der Fahrer des MI6, der die beiden Agenten nach Stansted chauffierte. Auch wenn Willy sonst nie um einen Spruch verlegen war, konzentrierte er sich jetzt nur auf seinen Job.

*„Ich wünsche euch alles Gutes und kommt gesund zurück."*

*„Danke Willy, wir geben wie gewohnt unser Bestes."*

Als Peter die hintere linke Wagentüre des gepanzerten Jaguars des MI6 Chefs zuwarf, wusste er, dass Willys Wünsche ernst gemeint waren. Allzu oft hatte er Kollegen zum Start in den Einsatz gebracht, die niemals mehr zurückkamen.

Die Stille vor dem Hangar täuschte. Als Peter die Türe öffnete, drang ihnen sofort der Gestank von Flugbenzin in ihre Nasen, das gerade in die Tanks des Tornados gepumpt wurde. Mehrere Flugzeugtechniker checkten die Maschine durch. Nina, die dank ihres Studiums der Flugzeug- und Raketentechnik eine Menge von Kampfjets verstand, war die Hektik nicht geheuer. Theoretisch war ihr natürlich bekannt, was all die Teile an der Maschine für Funktionen besaßen und wie sie reagierten. Doch wie man so eine Kiste flog, war ihr völlig unbekannt.

Peter marschierte ein paar Mal unter dem Jet hin und her und kontrollierte das Fahrwerk und die Reifen, bis er plötzlich eine kräftige Hand auf seiner Schulter spürte.

*„Colonel Peter McCord, wenn ich richtig informiert wurde."*

*„Ja, der bin ich."*

*„Colonel Bob McStroughten."*

*„Hallo, Bob, was sagst du zu unserem Schätzchen?"*

*„Nun, Peter, Eagle 14 ist nicht mehr die jüngste Lady, aber ein zuverlässiges Mädchen. Triebwerk Zwei ölt ein wenig. Ist aber keineswegs besorgniserregend."*

*„Auch nicht beim Flug über die arabische Wüste?"*

*„Nein, sicher nicht. Zur Not steigt ihr eben aus. Ist die junge Lady schon mal in einem Kampfjet geflogen?"*

*„Nach meiner Kenntnislage nicht."*

*„Dann musst du sie im Ernstfall mit raus schießen, Peter. Hol die Lady bitte kurz her. Ich erkläre ihr noch die wichtigsten Schalter."*

Fünfzehn Minuten später verabschiedete sich Colonel McStroughten und verließ den Hangar. Nina und Peter betraten gemeinsam den Umkleideraum, auch wenn dies nicht so in der Dienstanweisung stand. Peter half Nina den Druckanzug anzulegen. Er versuchte, ihr noch in der Kürze der Zeit zu erklären, was es bezüglich des

Anzuges und des Helms zu beachten gab als eine Durchsage über Lautsprecher sie jäh unterbrach.

*„Colonel McCord, Eagle 14 ist startbereit. Start in zwölf Minuten."*

*„Komm, Nina, wir müssen los."*

*„Peter? Ich habe ein wenig Angst."*

*„Nun Nina, ich bin ehrlich, ich auch. Aber ich habe die Erfahrung gemacht, dass ein bisschen Angst und Respekt vor der Aufgabe, die man zu erledigen hat, mich vorsichtiger und umsichtiger macht. Komm, Nina, Kopf hoch, gehen wir es an."*

## 12

Nina winkte Peter unbemerkt zu, als sie die Leitern zum Cockpit hinaufkletterten. Wenige Augenblicke später schnallten sie die Hilfskräfte in ihren Schleudersitzen fest. Mit einmal ging alles ganz schnell. Während der Schlepper bereits den Tornado zur Startbahn schob, schloss Peter die Kabinendächer und meldete sich beim Tower. Die bereits vorgewärmten Triebwerke liefen im Leerlauf. Pünktlich um 13:10 Uhr erhielt Peter das Clearing. Er schob die beiden Gasschieber sachte nach vorn. Der Kampfjet gehorchte sofort und rollte der Startbahn entgegen. Als Peter die endgültige Startfreigabe erhielt, gab er Volllast auf die beiden Triebwerke. Als würde ein Hammer in ihre Rücken schlagen, schoss der Kampfjet in den Himmel. In zwölftausend Meter beendete Peter den Steigflug und meldete sich über Funk bei Nina.

*„Hi, Kollegin, alles ok bei dir?"*

*„Roger, Peter, es macht sogar ein wenig Spaß, so in den Himmel zu schießen."*

*„Dachte ich mir, dass dir fliegen in einem Jet gefällt. Wenn wir zurück sind, üben wir das ein wenig, damit du so eine Kiste bald selber fliegen kannst. Einverstanden?"*

*„Roger, Peter, ich freue mich schon drauf."*

Um Nina nicht zu ängstigen, vermied er jedwedes unerwartete Flugmanöver. Obwohl Triebwerk zwei tatsächlich leicht ölte, verlief der Flug problemlos, bis Peter plötzlich einen Funkspruch vernahm.

*„Bonjour, Eagle 14, Colonel McCord. Hier Chez-Marie-Elise, Ihr Bistro über den Wolken. Wir halten für Sie siebentausend Liter feinsten Flugchampagner bereit. Gehen Sie auf Koordinaten 1.7 und nehmen etwas Speed raus, Colonel. Die Zapfanlage steht für Sie bereit."*

Peter bestätigte lachend die Koordinaten. Und doch spürte er, wie ihm der Schweiß den Rücken herunterlief. Tanken in der Luft würde nie sein Hobby werden. Vorsichtig näherte er sich dem Schlauchkorb. Den Tankstutzen hatte er bereits ausgefahren. Stolz stellte er fest, dass sein

Rendezvous bereits beim ersten Anflug erfolgreich war. Schon spürte er, wie das Kerosin per Hochdruckpumpe in die Tanks geschossen wurde.

*„Super, Peter, du bist ein Fliegerass"*, vernahm er aus dem Kopfhörer.

*„Danke, Nina, da gehört auch ein wenig Glück zu."*

*„Egal, Peter, jetzt können wir auf jeden Fall unserem Ziel entgegenfliegen."*

Plötzlich krächzte wieder eine Stimme mit französischem Akzent in seinem Kopfhörer.

*„Hallo, Colonel McCord, trinken Sie unseren teuren Saft nicht auf einmal aus. Wir schreiben Sie wegen Ihrer Rechnung an. Guten Weiterflug und Salut, Eagle 14."*

Der Tankkorb koppelte ab und schwebte bereits in Richtung des Airbus-Tankers. Peter zog sofort den Stutzen ein. Er wackelte leicht zum Dank mit den Flügeln und drehte über die linke Tragfläche ab Richtung Zielflughafen.

Eine knappe Stunde später meldete sich Peter beim Tower der Fieldairbase an.

*„Hallo, Eagle 14, wir haben Sie auf dem Radar. Vorsicht, es herrscht ein leichter Sandsturm mit Böen von Nord-Nord-West mit Stärke 4 vor. Wechseln Sie auf Kurs 1.0 und landen Sie von Westen aus. Landebahnbeleuchtung startet jetzt."*

*„Roger, Tower, leite Landemanöver ein."*

*„Vorsicht, Eagle 14, der Sturm frischt auf.“*
*„Verstanden, Tower.“*

Plötzlich erfasste den Tornado eine heftige Böe und riss ihn nach rechts. Peter trat mit aller Kraft ins Seitenruder und stabilisierte den Kampfjet.

*„Achtung, Eagle 14, schalten Sie die Sandfilter vor, sonst sind Sie in wenigen Minuten die Kompression Ihrer Triebwerke los.“*

*„Roger, Tower, Filter sind geschaltet. Gebe mehr Schub auf die Triebwerke zum Ausgleich der erforderlichen Landeleistung.“*

*„Roger, Eagle 14 und jetzt machen Sie, dass Sie auf die Erde kommen. Der Sandsturm nimmt an Geschwindigkeit zu. Wir sind bei Stärke 6.“*

Peter wusste, dass es nun dringend Zeit zu landen wurde, wenn er seinen Eagle 14 nicht verlieren wollte. Er betätigte den Knopf für das Fahrwerk. Quietschend sorgten die Hydraulikpumpen dafür, dass das Fahrwerk für die Landung ausfuhr. Heftig schaukelnd visierte er die Landebahn an. Er wartete kurz die nächste Böe ab, bevor er die Reifen auf der Landebahn aufsetzte. Wie ein Wildpferd, dem man das erste Mal einen Sattel auflegte, gebärdete sich der Kampfjet. Dann jedoch rollte er ruhig aus.

Ein Militärjeep mit gelben Blinkleuchten fuhr Peter entgegen und leitete ihn sofort in einen der Splitterhangars. Peter schaltete unmittelbar, nachdem der Tornado seine Parkposition erreicht hatte, die Triebwerke aus und öffnete die Pilotenkanzeln. Nina, die die letzten zehn Minuten kein Wort mehr gesprochen hatte, kletterte sofort aus dem Cockpit, nachdem die Leiter angelegt war. Peter führte noch die erforderlichen Checks durch und stieg ebenfalls aus.

*„Na, Nina, alles ok?"*

*„Also bei der Landung war mir schon ein wenig mulmig."*

*„Dann waren wir also schon zwei. Ich hatte auch arge Sorge, den Vogel sicher auf den Boden zu bekommen. Aber jetzt geht es dir besser?"*

*„Ja, Peter, alles im grünen Bereich."*

*„Dann wollen wir uns mal bei Major Stanton anmelden. Er ist übrigens der Einzige hier, der über unseren Job und den gemeinsamen Arbeitgeber einigermaßen informiert ist."*


Ein junger Sergeant ging sogleich auf Peter zu, um Meldung zu machen.

*„Ist ok, Sergeant. Bitte melden Sie uns bei Major Stanton an."*

Peter war nicht entgangen, dass der junge Unter-offizier gleich ein Auge auf Nina geworfen hatte. Sie folgten dem Sergeant durch verschiedene Gänge und Unterstände, bis sie die Türe eines Stahlcontainers erreichten, der dem Major als Büro und Unterkunft diente.

*„Kommen Sie bitte gleich durch, Colonel."*

Der stellvertretende Geschwader-Kommodore schickte den Soldaten sofort wieder raus. *„Hallo, Leutnant Brennan, hallo, Colonel McCord, nehmen Sie bitte Platz. Ich weiß, die Zeit drängt ein wenig. Aber wenn ich mir das Wetter so ansehe, bin ich skeptisch, ob die Amis Sie überhaupt hier abholen."*

*„Das wäre fatal, Major, weil davon der Erfolg unserer Aktion erheblich abhängt."*

*„Das glaube ich Ihnen aufs Wort, Colonel. Nur die Witterungsverhältnisse hier in der Wüstenregion sind in dieser Jahreszeit unberechenbar. Aber eines ist sicher: Die Sonne scheint unerbittlich auf die Erde und verbrennt alles unnachgiebig und gnadenlos. Nehmen Sie ein Glas Eiswasser?"*

*„Ja, gern, Sir."*

*„Ich werde mal bei den Amis nachhören, ob sie den Hubschrauber für Sie rausschicken."*

Nina und Peter saßen still am Feldschreibtisch des Kommodores und warteten gespannt das Ergebnis seines Telefonats ab.

*„Der Helikopter ist unterwegs, Colonel. Er sollte in etwa zehn Minuten hier eintreffen."*

*„Danke, Sir, dann machen wir uns kurz frisch und erwarten unser Taxi."*

*„Tun Sie das und viel Erfolg."*

*„Danke, Sir."*

Nina und Peter erhoben sich und verließen das provisorische Office. Der Unteroffizier wies ihnen noch den Weg zu den Toiletten.

*„Komischer Typ, der Kommodore, findest du nicht auch, Peter?"*

*„Das sehe ich genauso. Er scheint froh zu sein, uns los zu werden. Ich habe übrigens die kleinen Überwachungskameras am Tornado aktiviert. Sollte sich jemand an unserer Maschine zu schaffen machen, erfahren wir das und der Täter ist dann leicht zu identifizieren."*

*„Aber erst einmal müssen wir hierher in einem Stück und gesund zurückkehren."*

*„Genau und wenn wir das schaffen, lade ich dich in London im ‚Helenas' zu einem gewaltigen Steak ein."*

*„Ich nehme dich beim Wort, Peter McCord."*

## 13

Wenig später setzte bereits der Transporthubschrauber der Amerikaner vor den Splitterbunkern auf. Lässig warf der Pilot die Türe auf und sprang aus seinem Sitz. In gebückter Haltung lief er auf Peter und Nina zu, die dem startbereiten Helikopter entgegenliefen.

„Colonel McCord und Leutnant Brennan? Leutnant Stone, ich fliege Ihr Taxi zur US Base. Willkommen an Bord."

„Hallo, Leutnant, läuft Ihr Taxameter bereits?"

„Nein, Sir, heute nicht. Der Flug geht aufs Haus."

Grinsend und Kaugummi kauend ließ sich der Pilot wieder in seinen Sitz fallen.

Während Nina und Peter auf den Mannschafts-sitzen im hinteren Teil des Transporters Platz nahmen, sich festschnallten und die Kopfhörer aufsetzen, hob der Heli bereits ab.

Plötzlich vernahmen sie eine Stimme in ihren Kopfhörern.

„Da es sich um einen Low Budget Flug handelt, servieren wir während des Fluges keine Speisen und Getränke."

Alle mussten laut über den Scherz des Piloten lachen. Zwanzig Minuten später setzte die sandfarbene Bell ohne Zwischenfall auf der stark gesicherten amerikanischen Panzerbase auf. Umgehend schaltete der Pilot die beiden Trieb-werke und den Rotor ab. Noch während dieses Vorganges verließen Nina und Peter den Hub-schrauber und winkten Leutnant Stone zum Dank, der ihren Gruß freundlich erwiderte. Peter drehte sich um und blickte in zwei tiefschwarze Augen einer hübschen, farbigen Frau im Dienstgrad eines Sergeanten.

„*Colonel McCord und Leutnant Brennan, herzlich Willkommen auf der Patton-Base. Folgen Sie mir bitte. General Grey erwartet Sie bereits.*"

„*Danke, Sergeant, wir folgen Ihnen, wohin Sie uns auch führen.*"

Sie legten einige hundert Meter zurück, bis sie den Eingang in ein bunkerähnliches Gebäude erreichten. Der Sergeant öffnete die Türe und meldete die Besucher an. Ein Mann von äußerst kräftiger Statur im Dienstgrad eines Generals mit einer Körpergröße von annähernd 195 cm erhob sich aus seinem Schreibtischsessel.

„*Colonel Peter McCord, sei mir auf das Herzlichste gegrüßt.*"

„*Hallo, General Grey, ich wusste noch gar nicht, dass man Sie in den Generalstab erhoben hat.*"

„*Das ist rasch erzählt, Peter. Vor etwa einem halben Jahr wurde das Fort hier vom IS überfallen und stark beschädigt. Mein Vorgänger wurde gefangen genommen, gefoltert und später getötet. Plötzlich wurde im Pentagon nach einem Mann gesucht, der den Laden zurückerobert und hier wieder für klar Schiff sorgt. Bis dahin hatte mir das Verteidigungsministerium die Beförderung in den Generalstab stets verweigert, weil ich das falsche Parteibuch besitze. Als die beiden Pfeifen aus dem Pentagon während meines Urlaubs früh morgens* vor meiner Haustüre auftauchten, um mir diesen Job aufs Auge zu drücken, habe ich drauf bestanden General zu werden. Vierundzwanzig Stunden später überreichte man mir im Pentagon meine Ernennungsurkunde.

Vier Stunden später hatte Nelli mir auf alle meine Uniformteile den goldenen Stern aufgenäht. Mein Lebensziel war immer die Position eines Generals. Doch weil ich eben immer gesagt habe, was ich dachte und dazu das falsche Parteibuch besaß, wollte dies einfach nicht gelingen. Es geht mir nicht um den Titel. Aber die Kohle eines Generals jeden Monat auf dem Konto wollte ich mir vor meiner Pensionierung nicht entgehen lassen. Mit vierzig Marines und acht Abraham Panzern bin ich dann hierhergezogen und habe mir die Kerlchen vom IS zur Brust genommen. Drei Tage haben wir bei schweren Verlusten auf beiden Seiten gebraucht, bis auch der letzte Gotteskrieger in Richtung Guantanamo abtransportiert werden konnte. Heute gilt die Patton-Base, wie ich sie gleich nach meinem großen Vorbild getauft habe, als das sicherste Fort in dieser Region. Und das mit der besten schnellen Eingreiftruppe, die du dir denken kannst, Peter. Ich habe hier vierzig Abraham Kampfpanzer neuester Bauart, darüber hinaus fünfzig 155er Haubitzen auf Kettenlafette, zehn Apache Kampfhubschrauber und zwei Kompanien Marines, die mit den

Transporthubschraubern schneller an jedem Einsatzort eintreffen, als es dem Feind lieb ist. Wenn ihr also Probleme bekommt, schickt mir eine kurze Nachricht über Funk. Ab dem Moment, wenn wir eintreffen, ist jedoch das IS Lager Geschichte. Und jetzt stell mir bitte deine bezaubernde Begleitung vor."

„Das ist Leutnant Brennan, Sir. Sie begleitet mich in ihren ersten Auslandseinsatz."

„Hallo, General, ich freue mich sehr, Ihre Bekanntschaft zu machen."

„Angenehm, Leutnant. Warum stürzt sich ein so junges, hübsches Mädel in so einen beschissenen Einsatz? Haben Ihnen die hohen Tiere des MI6 nicht gesagt, was der IS mit weiblichen Agenten macht, wenn sie denen in die Finger fallen? Wenn Sie das Abenteuer lieben, Brennan, können Sie sofort mit dem gleichen Dienstgrad bei meinen Marines anfangen."

„Vielen Dank, Sir, aber ich kann Peter jetzt nicht mehr alleine lassen. Sie kennen das Prinzip der Kameradschaft, Sir."

„Und ob, Mädel, du wirst mir immer sympathischer. Weil ich euch beide nicht umstimmen kann, kommen wir jetzt zu eurem Einsatz. Euer Material ist bereits eingetroffen und wird rund um die Uhr von meinen Spezialkräften bewacht. Es besteht Schießbefehl gegen jeden, der *sich unberechtigt eurer Ausrüstung nähert. Ihr habt jetzt gute fünf Stunden Zeit, euch aufs Ohr zu legen und noch auszuruhen. Um Punkt vier Uhr wirft euch die Ordonanz aus den Federn. Zwei Lunchpakete mit genug Kaffee stehen in der Halle neben eurer Ausrüstung für euch bereit. Nochmals, Peter, wenn ihr Hilfe benötigt, gib kurz Nachricht. Ich fahre selbst mit raus und führe den Angriff an, um euch wenn nötig da raus zu hauen. Meine Marines sind hoch sensibel, wenn es um deine Person geht, Peter. Sie haben nie vergessen, dass du vor zwei Jahren unter Einsatz deines eigenen Lebens zwei der Kameraden das Leben gerettet hast. So, und jetzt haut ab und kommt mir in einem Stück zurück. Good Luck, Nina, good Luck, Peter."*

*„Danke, General, wir werden unser Bestes geben."*

Die Ordonanz im Offiziersbereich wies ihnen zwei kleine, nebeneinander liegende Stuben zu. Auf dem Weg durch die Räumlichkeiten begegneten sie immer wieder kräftigen, schwarzen Katzen, die ihnen zwischen den Beinen umher streiften.

*„Sergeant, was machen die vielen Katzen hier in den Räumlichkeiten?"*

*„Sie halten uns hier die Schlangen und Skorpione vom Hals. Immer wieder kommt es vor, dass wir von Giftschlangen und Skorpionen heimgesucht werden. Aber Dank der Katzen gibt es hier keine*

*Probleme mehr. Schlafen Sie gut, Colonel. Um vier Uhr klopfe ich so lange an Ihre Türe, bis sie aufstehen."*

*"Alles klar, danke, Sergeant."*

*"Darf ich bei dir schlafen, Peter?"*

*"Ja, warum nicht. Du hast Angst, nicht wahr?"*

*"Ja, ich habe Angst, Peter. Wenn ich höre, was der General so erzählte, was IS mit weiblichen Agenten macht. Ich habe mir eine Notlösungstablette in der Wange befestigt. Wenn es ganz schlimm kommen sollte, beiße ich darauf."*

*"Deine Entscheidung, Nina. Aber wir werden es schon schaffen."*

Wenig später war Nina in Peters Armen eingeschlafen.

## 14

Auf die Sekunde genau klopfte es an der Türe von Peters Stube. Peter war sofort wach und sprang aus dem Bett. Er öffnete kurz die Türe.

*"Morgen, Sergeant, danke fürs Wecken. Sie brauchen nicht bei Leutnant Brennan zu klopfen. Sie schläft hier bei mir."*

Ein kurzes Grinsen huschte über das Gesicht des Sergeanten, über dessen Lippen jedoch ganz sicher kein Wort darüber verbreitet würde. Offiziell war es den Soldaten auf den Stützpunkten weltweit verboten, ein Verhältnis mit Kameradinnen und Kameraden zu beginnen. Nina war ebenfalls aufgewacht. Sie betrieben noch ein Minimum an Körperpflege, bevor sie der Sergeant zu der Lagerhalle führte, in der ihre Ausrüstung aufbewahrt wurde.

Peter schickte die Wachsoldaten gleich fort, als sie die Halle betraten. Natürlich musste er die Geheimhaltung des eingesetzten Materials gewährleisten. Schnell hatten Nina und er die beiden Gleiter zusammengebaut, die schwerer waren als er gedacht hatte. Die Batterien, die von den extrem flachen Solarzellen auf den Flügeln die Energie für die Motoren liefern sollten, zeigten einhundert Prozent Ladezustand an. Peter öffnete die beiden flachen Materialboxen, die sich jeder von ihnen vor dem Start mit den Schlaufen an den Anzügen befestigen mussten. Alles war wie angekündigt vorhanden. Jede Box enthielt zwanzig Magazine, die auch sorgfältig befüllt waren sowie die jeweils zehn C4 Sprengladungen. Das größte Problem bestand im Anlegen der Vakuum-Gleitanzüge. Nina war der Anzug ein wenig zu groß, während sich Peter wie in eine Wurstpelle zwängen musste. Es bewahrheitete sich die Anmerkung von Dr. Snyder, dass das Anlegen der Anzüge durch das Entziehen der Luft mit der Vakuumpumpe etwas

Unbehagen bereitete. Wenige Minuten vor fünf Uhr, nachdem sie noch zwei Brote mit zwei Bechern Kaffee heruntergespült hatten, standen Nina und Peter startbereit auf der kleinen Anhöhe. Mit den beiden Flügeln, die sie ausbreiten konnten, sobald sie ihre Arme spreizten, den Flügeln, die fest am Gestänge montiert waren und den beiden Motoren auf ihren Rücken hatten sie Ähnlichkeit mit überdimensionalen Libellen. Mehr als gewöhnungsbedürftig gestalteten sich die leichten Helme, in denen ihre Funkeinrichtung sowie die Brillen für ihre optische Zielerkennung untergebracht waren. Peter kannte diese Art der Zieloptik von den Pilotenhelmen der Apaches.

„Bist du bereit, Nina?"
„Ja, Peter, kann losgehen. Viel Glück. Ich freue mich schon auf deine Einladung zum Riesensteak im ‚Helenas'."
„Alles klar, Nina, die Einladung steht. Dir auch viel Glück. Ich schalte jetzt meine Motoren ein. Den Knopf findest du am Handstück des Steuerseils der rechten Hand. Mit diesem Griff kannst du auch die Geschwindigkeit regeln. Guten Flug."
„Dir auch, Peter."

Beinahe völlig lautlos begannen sich die gekapselten Propeller zu drehen. Rasch war die

Leistung erreicht, die ausreichte, die beiden Piloten in den Himmel zu heben. Wie von Geisterhand flogen Nina und Peter los. Höhentechnisch pendelten sie sich bei etwa fünfhundert Metern ein, die sie laut den Instrumenten konstant einhielten. Die Batterien luden sich wie erhofft ständig im diffusen Licht der morgendlichen Dämmerung auf. Nach etwa dreißig Kilometern jedoch begannen die Muskeln zu schmerzen. Die mehr oder weniger starre Haltung des Körpers über eine so große Distanz, ließ so manchen ihrer Muskeln spasmisch zucken.

*„Spürst du auch das Muskelzucken, Nina?"*

*„Ja, ein wenig schon."*

*„Hast du eine Idee, was wir dagegen tun können?"*

*„Ehrlich gesagt nein, Peter. Das Beste wäre, wir würden landen und ein paar Lockerungsübungen einlegen. Aber das geht ja leider nicht."*

*„Nein, nicht wirklich. Wir haben noch etwa achtzehn Kilometer vor uns. Die müssen wir jetzt durchhalten. Wir können ja ein paar Flugmanöver einlegen."*

*„Bloß nicht, Peter. Lass uns froh sein, dass die Dinger überhaupt fliegen."*

*„Ok, lassen wir das."*

Neun Kilometer vor dem Landeplatz kämpfte Peter verstärkt gegen die erheblichen Muskelzuckungen und Schmerzen an. Mit einmal verlor er Nina aus den Augen, bis er ihre Stimme vernahm.

*„Peter, hörst du mich?"*

*„Ja, klar und deutlich, Nina. Was ist los?"*

*„Motor eins ist ganz ausgefallen und die Nummer 2 läuft nur mit geringer Leistung. Ich glaube, ich muss runter."*

*„Ok, Nina, wenn du es als notwendig erachtest, drück die Notfalltaste an deinem Helm. Du wirst sehen, in zwanzig Minuten wimmelt es nur so vor Panzern und Marines um dich herum, die dich retten möchten."*

*„Ich muss erst einmal sehen, wie ich unten ankomme. Außerdem würde das das Leben der Geiseln und auch deines gefährden. Alles Gute, Peter, und vergiss mich nicht."*

*„Wieso sollte ich dich vergessen, Nina? Wir wollen doch im ‚Helenas' Steaks essen gehen."*

*„Wir werden sehen. Motor zwei steht auch. Gehe auf Gleitflug. Mach es gut und viel Erfolg. Wir sehen uns in der Hölle wieder, Peter."*

Mit einmal brach der Funkverkehr ab. Wahrscheinlich war die Energieversorgung bei Ninas Ausrüstung völlig zusammengebrochen.

Auch Peters Motoren verloren ein wenig an Leistung, was die Reisegeschwindigkeit erheblich verringerte. Doch sie liefen noch. Plötzlich leuchtete die rote Lampe auf, die ihm signalisierte, dass er in wenigen Augenblicken sein Zielgebiet erreicht hatte. Vor seinen Augen tauchte mit einmal die öde Ebene vor dem Gebirge auf. Weil ihm bisher noch niemand erklärt hatte, wie man dieses Gefährt korrekt landen könnte, ging er in einen Gleitflug über. Er schaltete Motor eins aus und flog spiralförmige Kreise, die ihn der Erde immer näher brachten. Gezielt wollte er versuchen, auf den Füßen aufzukommen. Doch seine Fallgeschwindigkeit hatte so rasch zugenommen, dass wohl nur noch beten half. Mit einem heftigen Schlag prallte er auf einem der vielen Büsche auf, dessen Geäst seinen Sturz minimal dämpfte. Nachdem der erste Schock überstanden war, öffnete Peter die Gurte und befreite sich von dem Transportbehälter wie auch seinem Fluggerät. Plötzlich vernahm er ein Geräusch. Blitzschnell öffnete er den flachen Behälter und entnahm diesem die Waffe und die Magazine. Routiniert lud er die MP durch und stellte auf Einzelfeuer. Doch es blieb ruhig. Lediglich ein Vogel in seiner Umgebung nahm Reißaus. Er fingerte nach dem Ventil an seinem Anzug und schraubte es auf. Zischend drang Luft hinein und beendete die Vakuumsituation. Er war heilfroh, dieses Riesenkondom endlich los zu sein. Den Helm mit der optischen Einrichtung und dem Funkgerät behielt er vorerst an. Nur Nina über

Funk zu erreichen war nicht möglich, da er sich damit eventuell selbst enttarnte.

Der sandfarbene Tarnanzug und die superleichten Kampfstiefel, die er unter dem Fluganzug trug, boten ihm weit mehr an Bewegungsfreiheit. Den kleinen Rucksack mit den Ersatzmagazinen, den Sprengladungen sowie zwei Flaschen Wasser schwang er sich auf den Rücken. Mit einem Blick durch die hochauflösenden Okulare an seinem Helm verschaffte er sich einen Überblick. Sofort fielen ihm mehrere nach vorn abgedunkelte Lagerfeuer auf, die nur von seiner Seite aus erkennbar waren. Laut dem Entfernungsmesser im Glas betrug der Abstand zur ersten Feuerstelle etwa zweitausend Meter. Keine besonders große Distanz, ständen da nicht überall verteilt Doppelposten mit umgehängten Maschinen-pistolen, die das Gelände bewachten.

Einer Spinne ähnlich bewegte er sich auf allen Vieren dem Lager entgegen. Zwar wusste er, dass er das Überraschungsmoment auf seiner Seite hatte. Doch half ihm dies hier nicht besonders viel weiter. Sobald er den ersten Doppelposten liquidierte und die übrigen Soldaten dies bemerkten, war hier die Hölle los. Trotz der Highspeed Maschinenpistolen dürfte er kaum eine

Chance besitzen, hier lebend wegzukommen. Also musste er seine weiteren Schritte genau überdenken, auch wenn die Zeit ein wenig drängte. Immer näher pirschte er sich an die beiden ihm am nächsten stehenden Krieger heran. Sofort bemerkte er, dass sie keinerlei Funkgeräte mit sich führten, mit denen sie zum Lager Kontakt aufnehmen konnten. Ein wirklicher Vorteil. Peter entsicherte seine Waffe. Sachte suchte er Deckung hinter zwei großen Felsbrocken. Ein schwarzer Skorpion rannte auf ihn zu und reckte ihm seinen Giftstachel auf seinem Hinterteil entgegen. Peter warf vorsichtig einen Stein nach ihm, was den Skorpion gleich in die Flucht schlug. Endlich konnte er sich wieder seinem Vorhaben widmen. Die beiden Terroristen standen mit ihren Köpfen ganz nah beieinander. Jetzt musste alles verdammt schnell gehen. Peter visierte den Kopf des ihm am nächsten stehenden Mann an und drückte ab. Er konnte erkennen, wie verwundert der andere Krieger schaute, weil plötzlich sein Gesicht und seine Jacke voller Blutspritzer war. Doch noch während er versuchte zu realisieren, was hier geschah, fiel auch er tot in sich zusammen. Peter hasste es, Menschen zu töten, auch wenn es sich hier um gefährliche Terroristen des IS handelte. Doch wenn er die Kämpfer nicht gleich ausschaltete, würden sie bald ihn und die anderen

Geiseln töten. Es war ein verdammt schmutziges Geschäft, mit dem er seinen Lebensunterhalt verdiente. Es galt nur Augen um Auge, Zahn um Zahn.

Er hob seinen Kopf und schaute hinter der Deckung hervor. Die beiden Männer lagen etwa achtzig Meter von ihm entfernt flach auf dem Geröllboden. Peter sondierte erneut die Situation. Weil sich nichts weiter rührte, kroch er weiter immer näher dem Lager entgegen. Ein weiteres Soldatenduo tauchte auf und bildete sein nächstes Hindernis. Da es auf dem Gelände nur so vor Felsbrocken wimmelte, fand er gleich wieder eine Deckung. Sofort visierte er die beiden Soldaten an. Sein Zeigefinger hatte bereits den Druckpunkt am Abzug der Waffe erreicht als er sah, wie zwei andere Männer auf seine beiden Zielpersonen zu-marschierten. Sofort nahm er den Finger vom Abzug. Offensichtlich stand der Wachwechsel an. Die vier Männer sprachen noch ein paar Worte miteinander. Peter konnte dies an den kleinen, weißen Wölkchen um ihre Münder erkennen. Ein Zeichen dafür, wie lausig kalt es doch eigentlich war, auch wenn Peter der Schweiß den Rücken herunterlief. Wenige Minuten später marschierten die beiden abgelösten Wachen ohne Hast zurück zum Lager. Nur einen Wimpernschlag später lag ihre Ablösung mit durchschossenen Köpfen im Wüstenboden der Geröllebene.

## 15

Unter Ausnutzung jeglicher natürlicher Deckung bewegte sich Peter langsam, aber stetig dem Camp entgegen. Sehr schnell erkannte er, wie groß dieses Lager zu sein schien. Auf den Luftaufnahmen waren ihm die Ausmaße nicht so enorm vorgekommen. Er war der Anlage jetzt so nah gekommen, dass er die einzelnen Unterstände zuordnen konnte. Schaurig anzusehen war ganz in der Mitte ein kleiner, runder Platz, dessen Grund mit rotgefärbtem Sand angefüllt war. Anscheinend handelte es sich um den Hinrichtungsort. Hier wurden offensichtlich den Gefangenen die Köpfe abgeschnitten. Doch von den Opfern fehlte jede Spur. Lautlos bewegte er sich nach rechts einem ziemlich verfallenen Gebäude entgegen, das Ähnlichkeit mit einem Splitterbunker aufwies. Die großen Tore wie auch die Fluchttüren waren fest verschlossen. Die Scheiben der beiden einzigen Fenster hatten Wind und Sand blickdicht werden lassen. Das Dach des großen Bunkers verlief in seinem hinteren Teil ebenerdig. Ein Zeichen dafür, mit wieviel Sorgfalt die einstigen Besitzer ihr Camp in die Geröllwüste gebaut und anschließend getarnt hatten. Der

Bunker war nur unzureichend von vorn als ein solcher erkennbar. Aus der Luft war er überhaupt nicht auszumachen. Auch Peter erblickte dieses große, massive Bauwerk zum ersten Mal. Auf den Luftbildern jedenfalls war nichts davon zu sehen gewesen. Peter zermarterte sich sein Hirn. Wenn die Gefangenen nicht in einem der offenen Zelte untergebracht waren, mussten sie in diesem Bunker stecken und genau deshalb wollte er dort hineinschauen. Nur wie und wo?

Vorsichtig und lautlos kletterte er auf die Dachebene. Er musste sich beeilen. Irgendwann stand ganz sicher wieder der nächste Wachwechsel an und dabei fiel sofort auf, dass vier Männer tot waren und damit das Lager angegriffen wurde. Die Wachen würden Alarm auslösen und jeden Stein umdrehen, um den oder die Angreifer ausfindig zu machen. Die Beschaffenheit des Dachbereichs unterschied sich nicht im Geringsten von der übrigen Geröllwüste. Nirgendwo war ein Einstieg oder eine Lüftungsklappe erkennbar. Nur vier merkwürdige, etwa einen halben Meter in die Höhe ragende Steinhaufen fielen Peter auf. Vorsichtig machte er sich auf, den nächstliegenden zu untersuchen. Ganz sachte legte er Stein für Stein auf die Seite. Sehr bald fand er ein Abluftrohr, das der Erbauer der Anlage mit den Steinen kaschiert hatte. Sogleich schaute Peter in das Rohr hinein in der Hoffnung, etwas im Inneren des Gebäudes erkennen zu können. Doch lediglich die Schwärze der Dunkelheit schlug ihm entgegen. Vorsichtig kroch Peter zum nächsten Steinhaufen. Aber auch hier fand er nur ein Rohr, das nach innen führte ohne die Möglichkeit nach unten sehen zu können. Er schaute auf seine Uhr. Die Zeit drängte. Beinahe zwei Stunden kroch er jetzt hier durch den Dreck, ohne jedoch etwas wirklich Wichtiges für die Geiseln getan zu haben. Unter Beibehaltung seiner Deckung robbte er nun diagonal zu einer weiteren Ansammlung von Steinen. Nach etwa der Hälfte der Strecke berührte seine rechte Hand etwas anderes als die bisher ertasteten Geröllbrocken. Wie es schien hatte er einen verrosteten Stahldeckel entdeckt. Um allen Eventualitäten im Vorfeld zu begegnen, untersuchte Peter ganz vorsichtig das etwa einen Meter im Quadrat messende Teil. Nur allzu genau kannte er die Findigkeit der Waffenkonstrukteure im Westen wie im Osten. Lag dort etwa eine schwere, in die Jahre gekommene Panzermine oder nur eine weggeworfene, durch Vibration abgefallene Stahlplatte eines gepan- zerten Fahrzeuges? Peter löste die Lederschlaufe des Futterals, in dem sein martialisch anmutendes Kampfmesser steckte und zog es heraus. Mit großer Sorgfalt inspizierte er mit der Messerspitze das unbekannte Stahlteil. Sachte wanderte die Spitze des Messers unter dem Rand der Platte entlang, bis Peter einen Widerstand spürte. Vorsichtig untersuchte er den Sachverhalt. Er fand einen eingeklappten Griff. Bei der Stahlplatte handelte es sich um den Deckel einer Einstiegluke. Unter Aufbringung aller Kräfte klappte Peter den Griff heraus. Endlich hatte er einen Zugang in den Splitterbunker gefunden. Gerade als er den Deckel anheben wollte, bemerkte er in letzter Sekunde den feinen Draht, der vom Griff nach innen führte. Eine Springfalle ging ihm sofort durch den Kopf. Ohne den Draht unter Spannung zu setzen, begann er das sichtbare Ende vom Griff zu lösen. Die Konstruktion war simpel, aber tödlich. Am anderen Ende des Drahtes saß eine Schlaufe, die mit dem Sicherungsbügel einer Handgranate verbunden war. Hätte er den Deckel einfach unachtsam aufgeklappt, wäre dies nicht nur das Ende des Einsatzes gewesen, sondern ganz sicher auch sein eigenes. Geschickt sicherte Peter den Handgranatenbügel. Er schaute ein weiteres Mal genau hin, ob sich noch andere Fallen am Deckel befanden, bevor er ihn öffnete. Doch dies schien nicht der Fall zu sein.

Der Gestank menschlicher Ausdünstungen, Fäkalien, Blut und Tod schlug ihm entgegen, als er seinen Kopf in die Öffnung steckte. Wie vom Blitz getroffen zog er ihn wieder heraus, um nach Luft zu schnappen. Er begann zu würgen, vermied jedoch sich zu übergeben. Doch was half es. Er musste da runter, um zu versuchen die Geiseln zu befreien. Zuerst galt es nun festzustellen, in welchem Zustand sich die Soldaten befanden. Er schaltete die beiden winzig kleinen Helmlampen an und kletterte in den Schacht. Dunkles, nur diffuses Licht empfing ihn, während er langsam Sprosse für Sprosse die alte Stahlleiter herabstieg. Peter wagte einen Blick nach unten. Außer dem Stöhnen und Wimmern gefolterter Soldaten, die apathisch auf völlig verdreckten Pritschen lagen und dem ein oder anderen Husten war es totenstill in dem großen Raum. Weil er keine Wachen erblickte und die Zeit drängte, rutschte er das letzte Stück der Leiter bis auf den Boden hinab. Peter hatte während seiner Einsätze in der ganzen Welt in Krisengebieten, Slums und Gefangenenlagern bereits eine Menge Leid und Elend mitansehen müssen. Doch was sich seinen Augen hier darbot, übertraf bei weitem alles, was er bisher mitansehen musste.

Schnell hatte er die kaputte Krankenliege gefunden auf der Colonel Hazel beinahe regungslos lag. Hazel trug nur noch seine khakifarbene Unterhose, die ihm völlig verdreckt am Körper klebte. Heftige Brandwunden im Gesicht zeigten deutlich, dass der Colonel lange eingegraben im Wüstenboden der Sonne ausgesetzt war. Eiternde Nager-Bisswunden, auf dem ganzen Körper verteilt, zeugten von den Zuständen im Lager. Peter wechselte angewidert zur nächsten Pritsche. Vor ihm lag die junge Soldatin, die stundenlang von ihren Peinigern vergewaltigt und misshandelt wurde. Sie war völlig nackt. Ihre Brüste waren übersät mit frischen Brandnarben, die von brennenden Zigaretten stammten. Sie schien stark im Intimbereich geblutet zu haben. Anus und Vagina waren kaum noch als solche zu erkennen. Überall klebte geronnenes Blut an ihren Genitalien. Plötzlich spürte Peter ihre Hand, die nach seiner griff. Sie öffnete kurz ihre Augen und ein gequältes Lächeln huschte über ihre Gesichtszüge.

*„Danke, Soldat, dass du hergekommen bist uns hier rauszuholen"*, flüsterte sie.

Wenig später verkrampfte sich ihre Hand und alles Leben verließ ihren Körper. Peter spürte wie sein größter Feind in ihm erwachte, der Hass. Doch nichts war gefährlicher, als sich von dieser grenzenlosen Gefühlsregung leiten zu lassen. Sie machte unvorsichtig und blind. Er musste wieder runterkommen.

Viel Zeit jedoch blieb ihm dafür sicher nicht. Über ihm war das Inferno ausgebrochen. Überall vernahm er lautes Geschrei. Schüsse fielen. Mit einem heftigen Schlag wurde der Stahldeckel der Luke zugeworfen. Es war zu erwarten, dass sie gerade seine letzte Fluchtmöglichkeit vereitelten. Sie hatten scheinbar die vier getöteten Krieger beim Wachwechsel gefunden. Plötzlich flogen die beiden Fluchttüren in den großen Toren weit auf. Peter zog sich rasch unbemerkt in einen Teil des verfallenen Gebäudes zurück, in dem sich keine Geiseln aufhielten. Mit seiner schussbereiten MP verschanzte er sich hinter der Lafette einer Panzerhaubitze. Doch seine Gegner waren gewiefte Kämpfer. Sofort schwärmten sie aus und suchten ebenfalls Deckung hinter allem möglichen Schrott, der in der Halle untergestellt stand. Durch den gewaltigen Lärm um Peter herum konnte er nicht mehr erkennen, wohin sich seine Gegner verzogen hatten. Wie aus heiterem Himmel stürzten plötzlich zwei Männer hinter dem Wrack eines alten Geländewagens hervor und auf ihn zu. Mit einem kurzen Zug am Abzug seiner Waffe entledigte sich Peter dieser Gefahr. Doch die IS-Kämpfer kannten natürlich ihr Gelände besser als Peter. Als er gerade aufspringen wollte, um seine Position zu wechseln, spürte er den Lauf einer Waffe im Rücken. Mit einem kräftigen Stoß gegen seine Wirbelsäule stießen die ihn zu Boden. Auf einmal war er von acht Kämpfern umringt. Einer der Männer trat ihm die Waffe aus den Händen. Jetzt musste Peter schnell reagieren. Eine Chance gegen diese Übermacht hatte er in keinem Fall. Zwar war er für solche Momente mental sehr gut trainiert, doch ohne Schmerzen würde die Attacke seiner Gegner nicht enden. Wie erwartet traten alle auf ihn ein. Zwischenzeitlich verlor er kurz die Besinnung, bis er spürte, wie er aufgehoben wurde. Zwei der Männer packten sich seine Arme und zogen ihn hinter sich her, bis sie einen alten, martialisch wirkenden Flaschenzug erreichten, dessen ursprüngliche Aufgabe zu sein schien, Fahrzeugteile zu versetzten.

Etwa 20 junge Frauen und Männer scharten sich jetzt um Peter. Zwei der Männer schoben ihm ein Wasserrohr vom linken Ärmel seiner Kampf-anzugjacke durch bis zur rechten Hand. Mit zwei Ketten befestigten sie die beiden Enden des Wasserrohrs an den Flaschenzug und zogen ihn wie einen Engel in die Höhe. Nur seine Fußspitzen berührten jetzt noch den staubigen Boden. Applaus brandete auf. Durch lautes Juchzen taten die weiblichen Krieger kund wie sehr sie sich über ihren Erfolg freuten. Peter hatte erhebliche Schmerzen, trotz aller Vorkehrungen, die er mental getroffen hatte. Plötzlich verstummten alle Krieger, als ein älterer Mann mit langem Bart, einer Kopfbedeckung und mit einem langen weißen Gewand bekleidet vor Peter trat.

*„Sicher möchten Sie uns nicht verraten, mit wem wir gerade das Vergnügen haben. Ist dem so? Sie können sich eine Menge Unannehmlichkeiten und vor allem Schmerzen ersparen, wenn Sie uns Ihren Namen nennen. Da der Gesichtsscanner Ihre Identität nicht ermitteln kann, gehen wir davon aus, dass Sie ein britischer Agent sind, dessen Identität verschlüsselt wurde. Ist dem so?"*
Peter zog soweit ihm das möglich war die Schultern hoch. Sofort setzte es wieder Schläge und Tritte.
*„Ich hatte Sie gewarnt, Brite, und wie angekündigt wird es nicht angenehmer werden. Ab jetzt werden unsere Frauen sich mit Ihnen beschäftigen. Wenn die mit Ihnen fertig sind, haben Sie vergessen, dass Sie ursprünglich mal ein Mann waren."*

Nach einer kurzen Pause des Innehaltens nickte er kurz. Sofort stürzten sich vier Frauen wie im Wahn auf Peter. Mit Gewalt rissen sie ihm seine Hose und den Slip herunter. Zwei der Kriegerinnen griffen hinter sich nach zwei Reitgerten, während eine dritte Frau einen kräftigen Besenstil hervorholte. Peter ahnte was ihm jetzt bevorstand. Gegen diese

martialischen Folterungen halfen weder Yoga noch sonst welche Atemübungen. Den drei Frauen sprühte förmlich ein nie gesehener Hass aus den Augen. Wahrscheinlich hatten alle drei sehr schlechte
Erfahrungen mit Männern gemacht. Schon schlug die erste Frau zu und sie benahm sich dabei keineswegs zimperlich, während ihre Kollegin hinter ihm bereits mit dem Besenstil seinen Anus berührte. Sofort schlug auch die zweite Frau mit der Gerte zu. Die Schmerzen, die sich bis weit in Peters Körper hineinzogen, waren einfach höllisch. In stark gekrümmter Haltung hing Peter am Flaschenzug und zappelte hin und her. Als die beiden Frauen unerwartet mit dem Schlagen aufhörten, spürte Peter, wie sich der Besenstil seinen Weg in sein Inneres suchte.
Er schloss nur noch die Augen. Dass dies endgültig sein letzter Einsatz werden würde, hatte er nicht im Entferntesten geahnt. In Bruchteilen von Sekunden zogen Sequenzen aus seinem Leben an seinem inneren Auge vorüber. Er sah seine Eltern, seinen Bruder und seine zukünftige Schwägerin, mit der er sich immer gut verstanden hatte, genauso wie mit seinen Eltern. Ein wenig schämte er sich, dass er sie vor diesem Einsatz nicht einmal mehr angerufen hatte. Nun war alles zu Ende. Wenn der Besenstil seine Darmwände durchbohrte, startete ein

Inferno in seinem Körper, das seinen Tod durch innere Blutungen zur Folge haben würde. Ihm war dazu nur bekannt, dass dieser Tod verdammt schmerzhaft wird. Ziemlich beherzt begann die Soldatin hinter ihm, den Besenstil anzusetzen.

Peter kniff jetzt seine Augen fest zusammen. Der Schweiß brach ihm aus und verbreitete sich auf seinem ganzen Körper, bis er spürte, dass irgendetwas auf seinen Körper spritzte. Es war kein Harn, was häufig zur Steigerung von Folterungen und Demütigungen eingesetzt wurde. Vielfach urinierten die Folterer einfach auf ihre Opfer. Doch es war ein durchdringender Kupfergeruch, der von seinen Nasenschleimhäuten Besitz ergriff. Peter McCord öffnete mit seine Augen und begriff anfangs gar nicht, was da geschah. Aus der geöffneten Luke im Dach des Bunkers seilte sich Nina von der Decke herab. Währenddessen hatte sie mit ihrer Waffe ordentliche Arbeit geleistet. Die drei Frauen, die eben noch Peter folterten, lagen blutüberströmt auf dem Boden. Gleiches galt für die grimmig schauenden Männer, die auf Peter eingeschlagen hatten. Sie lagen auch tot auf dem Boden. Mit einem Satz war Nina auf dem Boden des Bunkers angekommen.

## 16

„Hallo, Nina, schön dich zu sehen. Das war verdammt knapp. Danke, du hast mir gerade das Leben gerettet."

„Keine Ursache, Peter, ich bin dir im Laufschritt gefolgt, nachdem der Gleiter endgültig seinen Geist aufgegeben hatte."

„Du bist extra für mich hierher gerannt, Nina?"

„Ja, was denkst du denn? Die Möglichkeit, per Anhalter zu reisen, war hier in dieser gottverlassenen Wüste leider nicht gegeben. Hierher getrieben hat mich nur deine Einladung zum Essen bei ,Helenas'. Mich hat noch nie ein Mann groß zum Essen eingeladen und das wollte ich mir nicht entgehen lassen."

„Ich verstehe deine Beweggründe. Im vorliegenden Fall hast du dir auch noch einen gewaltigen Eisbecher zum Dessert verdient. Könntest du mich gerade aus dieser misslichen Situation befreien?"

„Wenn zum Essen noch ein Aperitif drin ist, selbstverständlich."

„Ja natürlich."

Doch Nina war der Ernst der Lage, in der sie sich befanden, genau bekannt. Mit wenigen Handgriffen hatte sie Peter befreit, der sich gleich anzog. Sofort griff er sich seine Waffe und den Rucksack. Blitzschnell machten Nina und Peter die Runde, um zu checken, ob noch einer der Kämpfer am Leben war.

*„Ich habe keinen Kämpfer mehr gesehen."*

*„Ich auch nicht, Nina. Wir müssen uns jetzt überlegen, wie wir hier wegkommen."*

*„Das ist sicher zwingend notwendig. Ich sah, während ich hierher lief, einen Fahrzeugkonvoi bestehend auf 25 Fahrzeugen und voll besetzt mit Kämpfern, der sich in Richtung Camp bewegte."*

*„Dann brauchen wir auf jeden Fall Unterstützung von den Amerikanern. Ich fordere eine Panzereinheit bei General Grey an."*

*„Ok, Peter, ich schaue derweil mal, wie es unseren Geiseln geht."*

Peter verschwand im hinteren Teil des Bunkers, wo jede Menge Gerätschaften und Fahrzeuge abgestellt waren. Sofort zog er sein Spezialtelefon aus dem Rucksack.

*„Peter McCord hier, hallo, General, wir brauchen dringend Ihre Unterstützung."*

*„Wir sind schon unterwegs, Peter. Halten Sie durch, wir sind so schnell wie möglich bei Ihnen."*

Er gab dem General noch die Koordinaten durch, die ihm sein GPS anzeigte. Dann brach er abrupt das Gespräch ab. Was für eine gewaltige Militäraktion er damit ausgelöst hatte, war ihm noch nicht bewusst.

Auf der Panzerbase der amerikanischen Streitkräfte schrillten plötzlich die Alarmsirenen. General Grey hatte das Mikrofon in die Hand genommen und erteilte seine Befehle.

*„Dies ist keine Übung, sondern ein Alarmeinsatz, Kameraden. Colonel McCord hat zusammen mit Leutnant Brennan die Geiseln befreit und braucht nun dringend Unterstützung. Gruppe eins bis fünf sofort Fahrzeuge besetzen. Wir rücken in zehn Minuten ab. Wer nicht pünktlich in seiner Blechbüchse sitzt, bekommt von mir persönlich ein Jahr Urlaubssperre. Gleiches gilt für die Gruppen acht bis zehn. Gesichert werden wir aus der Luft von vier Apaches. Die Koordination des Nachschubs übernimmt wie gewohnt Major Cross. Los geht's. Denkt immer daran, was Colonel McCord für uns getan habt. Und jetzt ab mit euch."*

Jetzt wurde es auch für den General Zeit seinen Führungspanzer zu besteigen damit seine Crew nicht ohne ihn losfuhr. Mit einem ordentlichen Satz sprang General Grey auf seinen Abrahams mit der Gelbmarkierung an den Flanken auf. Sein Fahrer winkte und rief ihm zu:

*„Leicht verspätet Sir, Urlaubssperre für ein halbes Jahr, Sir."*

Lachend schob der Unteroffizier den Fahrhebel auf D und gab Vollgas. Der über sechzig Tonnen schwere Kampfkoloss setzte sich wippend in Bewegung und raste seinem Ziel unnachgiebig entgegen. Die Staubwolke, die der Panzerverband aufwirbelte, war gigantisch und auch so gewollt. Damit signalisierte General Grey jedem Außenstehenden, welche Kraft hinter seiner Aktion steckte und mit welcher Entschlossenheit seine Einheit unterwegs war.

*„Und?"*
*„Grey ist bereits mit seiner Phalanx auf dem Weg hierher unterwegs. Wie sieht es mit den Geiseln aus?"*
*„Schlecht, sehr schlecht. Wir haben zwei Tote und der Rest der Frauen und Männer ist dehydriert und halb verhungert. Außerdem weisen alle schwere Foltermerkmale auf. Was hast du jetzt vor, Peter?"*
*„Ich schaue mich nach einem fahrbaren Untersatz für uns alle um, damit wir hier wegkommen. Wie lange schätzt du braucht der motorisierte Tross des IS, bis er hier eingetroffen ist?"*
*„Schwer zu sagen, vielleicht zwei Stunden. Das liegt vor allem am Untergrund des Geländes und ob die ziemlich alten Fahrzeuge bis hierher durchhalten."*
*„OK, schauen wir mal, was das Lagerportfolio so an Reisegelegenheiten bietet."*
Peter war froh, für einen Moment alleine zu sein. Er wollte nicht, dass Nina oder die anderen sahen,

wie angeschlagen er doch war. Starke Schmerzen in den Genitalien ließen ihn nur langsam über die Schrottberge steigen. Doch Nina beobachtete Peter unbemerkt aus der Ferne. Sie hatte Sorge, dass er zusammenklappte.

Nina verteilte sämtliche Wasservorräte und Lebensmittel, die sie auf die Schnelle im Wüstenlager fand, an alle. Während ein Teil der Soldatinnen und Soldaten aus ihrer Lethargie erwachten und wieder Lebensmut fassten, schienen vier von ihnen am Ende ihrer Physis und ihrer psychischen Belastbarkeit angekommen zu sein. Nina hörte Peter, wie er im hinteren Teil des Lagers mit Hochdruck nach einem fahrbaren Untersatz suchte. Schon sehr bald boten sich einige der Frauen und Männer, die nicht so arg gefoltert worden waren, an, ihren Kameradinnen und Kameraden zu helfen. Nina kletterte nun hinter Peter her, der plötzlich einen Schrei tat.

*„Nina, bist du in der Nähe?"*
*„Ja, Peter, ich bin gerade auf dem Weg zu dir. Was ist los?"*
*„Ich glaube, ich habe das passende Gefährt für unseren Rücktransport gefunden."*
Nina überstieg einen Berg an Stahlschrott, bis sie Peter erreichte.

*„Meinst du etwa dieses Wrack dort?"*

*„Dieses Wrack, wie du es nennst, Nina, ist ein alter deutscher Personenbus von Magirus Deutz vom Typ Saturn, der in Russland in Lizenz gebaut wurde und hier den russischen Streitkräften ganz sicher als Truppentransporter diente. Schau, er ist sicher kein Vorzeigestück. Aber in allen Reifen ist ausreichend Luft und auch sonst macht er einen soliden Eindruck, auch wenn er sicher aus dem Jahr 1958 stammt und somit älter ist als wir beide. Der luftgekühlte Motor war damals eine Sensation und extrem zuverlässig."*

Zu Peters Freude war die Fahrertüre auf der linken Seite nicht verschlossen. Mit etwas Kraftaufwand öffnete er sie und stieg ein. Nina folgte ihm. Schnell stellte er fest, dass sogar der Zündschlüssel steckte. Aus Neugier drehte Peter ihn bis zur Zündschlossstellung Vorglühen. Doch weder eine Kontrollleuchte noch sonst eine andere elektrische Funktion wurde angezeigt.

*„Dort vorn steht ein uraltes, monumentales Starthilfegerät auf einer Sackkarre montiert. Damit haben unsere IS Freunde sicher den ein oder anderen müden Kandidaten aus dem Fuhrpark wieder zum Leben erweckt. Ich werde zuerst nach der Batterie des Busses schauen. Wenn die noch funktionstüchtig aussieht, werde ich das Gerät*

*anklemmen und schauen, dass der gute alte Deutz Diesel anspringt."*

*„Und wie willst du den Bus, wenn er denn läuft, hier herausbringen?"*

*„Dort vorn steht ein Radlader, der vor noch gar nicht langer Zeit bewegt wurde. Siehst du an den Reifenspuren. Mit dem ziehe ich den ganzen Schrott hier an die Seite und fahre den Bus heraus."*

*„Deinen Optimismus möchte ich haben."*

*„Deshalb lebe ich immer noch und du sollst ja von mir lernen. Wie mir scheint, bringt man euch heute auf der Uni nichts mehr bei, was man dringend im Leben so braucht."*

Nina lachte und kletterte hinter Peter her, der sich gleich auf den Sitz des Radladers schmiss. Der alte JCB sprang schon nach dem zweiten Versuch an. Peter strahlte und diese Ausstrahlung sorgte bei den Soldatinnen und Soldaten für einen enormen Überlebenswillen. Jeder, soweit es ihm möglich war, wollte nun mit anpacken. Peter griff sich die Kette, an der er beinahe sein Leben ausgehaucht hatte. Mit aller Kraft setzte er sie nun als Helfer für den Abtransport des Schrotts vor dem Bus ein. Da jetzt noch mehr hilfreiche Hände anpackten, schafften sie sehr rasch eine einfache Gasse für den Magirus Bus. Peter lachte und seine Fröhlichkeit und sein Lebensmut steckten an. Selbst als er vergeblich nach einem Vierkantschlüssel suchte, mit dem er die Motorklappe des alten Busses öffnen wollte, ließ er sich nicht aus der Ruhe bringen. In einem Fach im Armaturenbrett fand er schließlich sauber in einer Klemmvorrichtung verstaut den gesuchten Schlüssel.

*„Hätte ich mir doch denken können. Deutsche Gründlichkeit"*, philosophierte er flüsternd.

Sofort sprang er vom Fahrersitz und öffnete die nur gering angerosteten Vierkantmuttern. Mit einem dumpfen Knall fiel das Blech zu Boden. Peter leuchtete mit einer Taschenlampe in den Motorraum. Zufrieden stellte er fest, dass der Motor noch vorhanden war und so aussah, als könnte man ihn zum Leben erwecken.

*„Und großer Magier, was sagst du?"*

*„Den kriegen wir wieder ans Laufen, Nina. Schau her, alle Teile sind vorhanden und der Motor hat kein Öl verloren."*

*„Bestimmt ist da ja kein einziger Tropfen mehr drin. Wahrscheinlich bekommt ihn eine Fachwerkstatt für Oldtimertechnik in sechs bis acht Wochen wieder zum Laufen."*

*„Jetzt sei doch mal nicht so pessimistisch, Nina. Leider fehlt die Batterie. Wir müssen hier einfach nach einer funktionstüchtigen Batterie suchen."*

*„Sag mal, tickst du noch ganz richtig? Hier können jeden Moment schwer bewaffnete Einheiten des IS*

*auftauchen und uns einzeln in den Himmel befördern und du suchst nach einer Batterie?"*

*„Ja, warte nur ab. Ich finde schon einen Weg."*

Peter schaute sich in der Halle um. Nach einigen Überlegungen hatte er eine Idee.

*„Wir nehmen die Batterie von dem Radlader hier. Die sollte stark genug sein, den Anlasser des alten Magirus Saturn zu bewegen. Wir müssen aber auch schauen, dass wir das riesige Hallentor aufbekommen, um herausfahren zu können. Schau mal, ob es dafür einen Mechanismus gibt, Nina."*

Nina schnappte sich einen jungen Soldaten, der ihr voller Euphorie zum Bunkertor folgte. Doch wie sich Nina und ihr Helfer auch mühten, das schwere Stahltor ließ sich keinen Millimeter bewegen.

*„Macht nix, Nina, wir haben doch noch unsere C4 Türöffner im Gepäck. Wenn wir die Ladungen an den richtigen Stellen anbringen, sollte das Tor nach rechts vorn wegfliegen."*

*„Ja, das sehe ich genauso. Ich kümmere mich darum."*

Peter schleppte derweil gemeinsam mit dem jungen Soldaten die Batterie des Staplers zum Bus, die er zuvor ausgebaut hatte. Es dauerte nicht lange und er hatte den Stromspender neben dem Busmotor eingebaut und angeschlossen. Hilfreich war ihm dabei, dass der junge Soldat eine Ausbildung zum Mechatroniker besaß. Peter zog als nächstes den Ölstab aus seiner Führung und schaute auf den Ölstand. Doch das Ende des Stabes war knochentrocken.

*„Wir brauchen Motorenöl, Tom, und davon eine ganze Menge. Sicher so um die acht bis zehn Liter."*

*„Ich sehe nach, ob ich etwas finde."*

Peter werkelte derweil weiter. Er prüfte, ob alle Kabel noch funktionstüchtig waren. Plötzlich kam Nina angerannt.

*„Eine Fahrzeugkolonne nähert sich der Anlage. Ich schätze mal, dass sie noch etwa zehn Kilometer entfernt von hier steht. Es handelt sich ausschließlich um einige Pickups mit fest montierten Flugabwehrgeschützen und zwei leicht gepanzerten Fahrzeugen. Wenn die allerdings im Besitz von ausreichend Munition sind, machen die uns hier die Hölle heiß. Wir müssen hier schnellstens weg. Ich habe die Sprengvorrichtungen für das Tor angebracht. Sobald du grünes Licht gibst, sprenge ich das Tor aus den Angeln. Wenn es denn so funktioniert, wie ich es mir ausgedacht habe."*

*„Keine guten Nachrichten, Nina. Aber wir suchen gerade nach Motorenöl. Ohne Öl läuft auch der beste Dieselmotor nicht."*

*„Ist mir schon klar, großer Mechaniker. Ich wollte nur, dass du weißt, was draußen los ist."*

## 17

Tom Hillings kam derweil mit einen ganzen Arm voller Büchsen mit Motoröl heran.

*„Na, das sieht doch nicht schlecht aus."*

*„Nun ja, wie man es nimmt, Colonel. Drei der Dosen haben eine völlig andere Viskosität als der Rest."*

*„Ach, das ist halb so wild, Tom. Füll so viel Öl in den Tank, wie wir benötigen. Ich sehe aber noch ein Problem: Der Keilriemen ist porös und bröselt auseinander. Hast du eine Idee?"*

*„Ja, ich habe in dem kleinen Lagerraum Keilriemen auf Rolle entdeckt und die passenden Schlösser dazu."*

*„Kriegst du das hin, daraus einen Riemen für uns zu basteln?"*

*„Ja, Sir, ich schaffe das schon."*

*„Du bist verdammt gut, Tom. Dann soll Nina dafür sorgen, dass alle im Bus Platz nehmen, damit wir zügig hier wegkommen."*

*„Ja, Sir, ich hole jetzt erst einmal das Riemenmaterial."*

Peter sprach kurz mit Nina, die sofort damit begann, mit den gehfähigen Soldatinnen und Soldaten die verletzten Kameraden in den Bus zu helfen. Nina hatte einen alten Besen gefunden, mit dem sie zuerst die vielen Spinnweben von der

Innendecke des Busses und den Sitzen beseitigte. Auch die beiden toten Soldaten luden sie in den Fond. Alles, was an Lebensmitteln und Wasser in Flaschen vorhanden war, wanderte ebenfalls ins Fahrzeuginnere. Tom hatte derweil einen passablen Keilriemen angefertigt.

*„Ich habe noch zwei Kanister Diesel aus dem alten Truck da vorn abgelassen und in den Bustank gekippt."*

*„Genial, Tom. Dann versuchen wir jetzt unser Glück."*

Peter nahm bereits hinter dem Lenkrad Platz, als Tom und Nina ein gewaltiges S-MG mit vier Gurten Munition heranschleppten.

*„Für den Notfall. Die Fahrzeugkolonne ist nur noch höchstens fünf Kilometer entfernt."*

Tom nahm gleich hinter Peter Platz und beobachtete, was der Colonel vorhatte. Nina setzte sich mit den beiden Fernzündern auf den Beifahrersitz. Vorsichtig drehte Peter den Zündschlüssel. Ein gelbes und ein rotes Lämpchen flackerten auf. Peter lief der Schweiß in Strömen den Rücken herunter. Er drehte ein Raster weiter. Gebannt schauten Tom und Peter auf das kleine Fenster mit dem Glühfaden. Tatsächlich wurde es dort ein wenig hell.

*„Es funktioniert, Peter. Wirf den Motor an."*

Beherzt drehte Peter den Schüssel noch ein Raster weiter. Röchelnd begann der Anlasser die beweglichen Teile im Motor zu bewegen. Doch die Stromleistung der Batterie reichte nicht aus, um den schweren Sechszylinder Dieselmotor zu starten.

*„Warte, Peter, ich hänge das Starthilfegerät noch dran und stelle auf volle Ladung. Dann sollten wir genug Startstrom bekommen."*

Schon war Tom durch die Beifahrertüre ausgestiegen. Umgehend klemmte er die beiden Pole an die Batterie und gab volle Leistung auf das Gerät. Er winkte Peter, noch einmal zu starten. Tatsächlich hoben sich quietschend und malend die Kolben im Motorraum. Mit einem gewaltigen Knall einer Fehlzündung sprang der Diesel an. Eine riesige schwarze Wolke breitete sich im hinteren Bereich des Bunkers aus. Anfangs lief der Diesel unruhig und nicht alle Zylinder spielten von Beginn an im Takt mit. Tom rannte derweil zur Beifahrertüre und machte Meldung wie auf dem Kasernenhof.

*„Colonel McCord, Soldat Hillings meldet Motor läuft, Sir."*

Alle Anwesenden mussten lachen, doch war nicht die Meldung von Tom der Grund dafür. Tom Hillings hatte einiges vom Ruß des Startvorgangs abbekommen. Sein Gesicht war völlig schwarz geworden. Auch Peter musste lachen. Er hatte bereits die Kupplung getreten und den zweiten Gang eingelegt. Langsam setzte sich der Anachronismus eines Personentransporters in Bewegung und dem Tor entgegen. Doch Peter spürte, dass der Bus nur widerwillig zu rollen begann.

*„Die Trommelbremsen sitzen fest, Sir. Legen Sie den Rückwärtsgang ein und fahren kurz zurück und noch einmal vor. Dann sollten die Bremsen sich lösen. Eine andere Möglichkeit haben wir jetzt ohnehin nicht."*

Peter tat, wie ihm von Tom Hillings empfohlen wurde und tatsächlich löste sich ein Teil der Bremsen. Er wiederholte den Vorgang noch zweimal, bis tatsächlich alle Bremsen frei liefen.

*„Hört mal, ihr beiden. Ich freue mich ja, dass ihr Spaß dabei habt, ein altes Auto in Gang zu bringen. Aber in wenigen Minuten bricht hier das Inferno über uns herein. Wir müssen weg."*

*„OK, Nina, spreng das Tor und uns somit den Weg frei."*

Die junge Agentin hatte ganze Arbeit geleistet. Mit einem gewaltigen Knall explodierten sechs der C4 Ladungen und rissen die beiden rechten oberen

Torbefestigungen aus den Angeln. Mit einem nicht minder lauten Krachen fiel das Tor wie berechnet ganz auf die rechte Seite, während die Halterungen auf der linken Seite ebenfalls abrissen. Sie hatten freie Bahn. Ein Jubelgeschrei brauste durch den Bus. Peter ließ sofort die Kupplung kommen. Der alte Magirus machte sich auf seine wohl letzte Fahrt. Hoppelnd versuchte die defekte Luftfederung den Bus auf Kurs zu halten. Doch nicht nur um die Luftfederung war es nicht mehr zum Besten bestellt. Auch die Luftdruckbremsen zeigten nur minimale Bremswirkung. Tom war dies natürlich nicht entgangen und er äußerte lachend:

*„Wer bremst, hat Angst, Sir."*

Peter musste ebenfalls lachen, auch wenn er jetzt versuchen musste, das historische Gefährt auf Kurs zu halten. Da es den Reifen ein wenig an Luft mangelte, war das Federungsverhalten einigermaßen erträglich, obgleich jede leichte Bodenwelle und jeder größere Stein ohne Dämpfung bis in Sitze des Busses durchschlugen. Entsprechend wurden die Insassen auf und ab geschüttelt. Doch dies störte niemanden an Bord des alten Magirus. Jeder der hier Anwesenden wollte nur noch in Sicherheit gebracht werden.

Mittlerweile hatte sich der alte Diesel daran gewöhnt, seinen Job wieder zu erfüllen, obwohl ihn seine Erwecker nicht gerade mit den besten Zutaten verwöhnten. Keines der eingefüllten Öle entsprach dem Wunsch des schweren Diesels und doch lief er einwandfrei. Nun hatte er auch erst 234.310 Kilometer auf dem Tacho. Sie kamen langsam, aber stetig voran und es entstand ein wenig Ausflugsstimmung, bis Nina auf drei Uhr die Wagenkolonne der Terroristen entdeckte.

*„Da vorn sind sie, Peter. Gib Gas!"*

*„Sofort und liebend gern, Nina. Nur unser Krückchen fährt keinen Kilometer schneller. Ich stehe mit dem Gasfuß bereits in der Ölwanne."*

*„Ok, wir schlagen die hinterste rechte Seitenscheibe heraus und bringen das SMG in Stellung. Damit können wir sie ein wenig in Schach halten."*

*„Ja, versuchen wir es auf diesem Weg. Haben wir sonst noch Waffen an Bord?"*

*„Nur unsere MPs."*

*„Nicht gerade die pralle Masse. Ich versuche, noch etwas nach links auszuweichen."*


Peter vernahm das Klirren vom Einschlagen der Scheibe im hinteren Teil des Busses. Tom schob eine Zargeskiste vor das Fenster und platzierte darauf das Zweibein des MGs. Nina legte den Munitionsgurt ein, während Tom in Stellung ging. Er lud die Waffe durch und suchte nach einem Ziel.

Schon fielen die ersten Schüsse. Ein Teil davon traf die rechte Außenseite des Busses, deren Insassen sich flach auf den Boden warfen. Tom gab eine ordentliche Salve ab und traf den Munitionsvorrat des Führungsfahrzeuges. Brennend flog es in die Luft. Wieder keimte Hoffnung unter den Busfahrern auf. Doch keiner der Insassen war so vermessen zu sagen, dass sie gerettet waren. Zwei der Pickups scherten nach rechts und links aus und griffen den Bus frontal an. Peter fuhr Schlangenlinien, doch da der Bus keine Servolenkung besaß, war dies keineswegs leicht. Ein Treffer zerstörte die Frontscheibe des Magirus. Peter war froh, nicht als Kugelfang gedient zu haben. Doch ihre Chancen, hier heil heraus zu kommen, verringerten sich immer mehr. Zwei Fahrzeuge droschen auf die linke Seite des Busses zu. Peter bremste ab. Längst hatte er eingesehen, dass sie keine Möglichkeiten mehr hatten, ihren Angreifern zu entkommen. Er griff nach seiner MP und überprüfte das Magazin. Seine Waffe war vollgeladen und schussbereit. Peter nahm sich vor, so viele der Angreifer als möglich mit ins Grab zu nehmen. Vor seiner Frontscheibe tauchte das Fahrzeug des Kommandoführers auf. Eine Stimme auf Englisch ertönte.

„Hallo, McCord, wir wissen, dass Sie am Lenker des Busses sitzen. Steigen Sie aus dem Bus aus und werfen Sie Ihre Waffe weg. Dann laufen Sie mit erhobenen Händen auf dieses Fahrzeug zu. Wenn Sie sich uns ergeben, lassen wir die anderen Ungläubigen frei."

„Nein, Colonel McCord, bleiben Sie bitte bei uns. Wir haben uns alle dazu entschlossen, mit Ihnen zu sterben. Sie haben nicht davor zurückgeschreckt, Ihr Leben für uns zu opfern."

Eine junge Frau im Dienstgrad eines Sergeanten hatte sich zur Sprecherin aufgemacht.

„Das ist sehr lieb von euch. Aber wenn die mich wollen und ihr dafür eure Freiheit erhaltet, ist das für mich mehr wert. Vielen Dank für eure Solidarität."

## 18

Peter wollte gerade vom Fahrersitz aufstehen, als in der Ferne ein Sandsturm aufzog, der jedoch keines natürlichen Ursprungs zu sein schien. Wie Hornissen stießen plötzlich vier Apache Helikopter aus den Sandwolken hervor und ließen ihre Raketen los. Doch was nun folgte, ließ Freund wie Feind nur noch die Münder offenstehen. Extrem laute Trompetenstöße schallten herüber und nur einen Moment später bellten zwanzig überschwere

Glattrohrkanonen des Kalibers 120mm los und vernichteten alles, was sich ihnen in den Weg stellte. 1.200 Tonnen hochwertigster Stahl wälzten sich in Form von schweren Kampfpanzern als erste Welle auf den Konvoi der Terroristen zu. Nur Minuten später verteilten sie auf dem gesamten Gelände ein Gemisch aus Fahrzeugteilen und menschlichen Körpern. Es war ein Bild des Grauens und so manch gläubiger Christ unter den Soldaten hielt die laute Untermalung für die Trompeten von Jericho, die das Ende der Welt einläuteten. Unaufhaltsam rollten die Abrahams Panzer über Stock, Metall, Stein und Gebein dem Bus entgegen. Peter erkannte sofort die Bemalung von Greys Panzer, der als erster vorfuhr. General Grey warf das Luk auf und entstieg seinem Ungetüm.

*„Na, Peter, wie ich sehe, kommen wir gerade noch zur richtigen Zeit. Die Party war noch nicht zu Ende. Schneller ging leider nicht. Aber wie es scheint ist ja alles gut gegangen. Schicken Bus hast du da. Ein hervorragender Oldtimer. "*

Mit einmal beendete der General seine joviale Rede und nahm Peter fest in den Arm.

*„Das hast du mit der Kleinen zusammen einfach fantastisch gemacht. Ohne euer Eingreifen wären alle Geiseln bereits tot. Meine Hochachtung."*

General Grey ließ Peter los und gab einige Anweisungen, woraufhin zehn seiner Panzer und die 155 mm Kanonen ausscherten und auf den etwa zehn Kilometer entfernten Bunker zufuhren. Die Fahrzeuge bildeten eine Reihe und justierten ihre Geschütze. Es folgte ein erneutes Inferno. Als der Munitionsvorrat bis auf das vorgeschriebene Minimum verschossen war, gab es die Bunkeranlage nicht mehr. Greys Kanonen hatten alles dem Erdboden gleich gemacht.

*„So, mein Junge, und jetzt fahren wir heim. Wir eskortieren deinen Bus, damit sich keiner mehr an euch herantraut. Los, geht´s.“*
Peter legte den zweiten Gang ein und rumpelte los. Obwohl seine Trommelfelle vom Dauerfeuer der schweren Kanonen arg strapaziert wurden, hörte er, wie die meisten seiner Fahrgäste weinten. Auch wenn allen Soldatinnen und Soldaten bewusst war, dass sie sich jetzt endlich in Sicherheit befanden, entlud sich bei den meisten die Nervenanspannung. Die letzten zehn Kilometer bis zum amerikanischen Panzercamp nahm General Greys Führungspanzer den Bus wegen Benzinmangel ins Schlepptau. An diesem Abend sorgte die Feldküche von General Grey für ein zünftiges Barbecue. Nina und Peter zogen sich jedoch schon recht früh in ihre Stuben zurück. Nina hatte die Eindrücke und die

Todesnähe des Einsatzes mit all seinen Höhen und Tiefen nicht so einfach weggesteckt. Sie zitterte heftig. Peter nahm sie fest in seine Arme und beruhigte sie. Außerdem waren sie beide sehr müde. Peter duschte ausgiebig und warf sich auf sein Bett. Wenig später war er eingeschlafen. Doch sein Job hier in der irakischen Wüste war noch nicht beendet. Morgen in der Früh würde sie ein Hubschrauber zurück zum britischen Feldflughafen bringen und dort mussten sie noch den Saboteur ermitteln, der sich an den Tornados zu schaffen machte.

Peter schlief schlecht. Immer wieder wachte er auf und sah die schrecklichen Bilder von Folter, Krieg und Tod vor sich. Außerdem spürte er immer noch die Nachwirkungen der Schläge gegen seinen Unterleib. Gegen sieben quälte er sich aus dem Bett. Nach der Morgentoilette stieg er in einen frischen Kampfanzug und verließ seine Stube. Er wollte sich vor dem Frühstück noch ein wenig Bewegung verschaffen. Nina lehnte an einem Pfahl und schaute gedankenversunken in den Sonnenaufgang. Peter gesellte sich zu ihr.

*„Morgen, Nina."*
Sie zuckte leicht zusammen und stieß sich dabei ihren Hinterkopf.
*„Entschuldige, Nina, das wollte ich nicht. Alles ok?"*

„Schon gut, Peter. Ja, mir geht es gut. Der Tag gestern war halt mächtig heftig."

„Das war mit Sicherheit leicht untertrieben."

„Aber wie du den Bus in Gang gebracht hast, fand ich einfach genial."

„Ach, halb so wild. Tom hat viele Ideen dazu eingebracht."

„Ohne deinen Einsatz mit all deinem Know How wären wir jetzt alle tot."

Von dieser Seite hatte Peter die Sachlage noch gar nicht betrachtet. Er mochte es ohnehin nicht, im Mittelpunkt zu stehen oder in den Himmel gehoben zu werden.

„Vergiss es. Komm gehen wir frühstücken, Nina."

Noch ziemlich müde betraten Nina und Peter das Offizierskasino, das bereits stark frequentiert wurde. Sofort verstummten alle Gespräche. Alle Offiziere erhoben sich und applaudierten ihnen zu, während sich die beiden Briten einen Platz suchten. Sie fanden noch zwei Plätze an einem Tisch, der mit zwei Soldatinnen und vier Soldaten besetzt war.

„Morgen zusammen, dürfen wir uns zu euch setzen?"

„Aber selbstverständlich, Sir. Es ist uns sogar eine Ehre, wenn Sie sich zu uns setzen."

„Bitte versteht, dass wir keine Helden sind oder sein wollen. Wir haben nur unsere Pflicht getan, wie es jeder von euch auch gemacht hat."

„Nein, Sir, so wie Sie die Kameradinnen und Kameraden befreit haben und das unter Einsatz Ihres Lebens, hat bei uns tiefe Eindrücke hinterlassen. Ich habe gestern den dritten Abrahams gefahren und hautnah miterlebt, wie knapp am Limit dieser Einsatz war."

„Ich hol uns mal etwas zum Frühstück. Nimmst du Kaffee und Brötchen mit Wurst?"

„Ja, Peter, bitte das ganze Programm. Ich habe richtig Hunger."

Grinsend zog Peter ab in Richtung Essenausgabe.

„Hi, ich bin Britney. Gehörst du zu der gleichen Spezialeinheit wie Peter?"

Eine noch sehr junge Soldatin im Dienstgrad eines Leutnants sprach Nina an.

„Hallo, Britney, kann man so sagen."

„Könnte ich mich auch bei euch bewerben?"

„Ich weiß leider nicht, ob die britischen Streitkräfte auch amerikanische Bürger einstellen. Aber was willst du in der Einheit? Möchtest du nicht dein Leben planen, eine Familie gründen, in einem hübschen Häuschen wohnen, in dessen Garten zwei süße Kinder mit dem Hund spielen? Ich kann dir nicht sagen, ob ich nächsten Monat noch lebe oder *in irgendeinem gottverlassenen Ort auf dieser Welt gerade verrecke. Reiß hier noch deine Zeit ab, Britney, und zieh den Kopf ein, wenn es Granaten regnet. Danach suchst du dir einen netten Boy zum Heiraten."*

Nina war froh, dass Peter bepackt mit einem großen Tablett wieder am Tisch eintraf. Sie mochte diese Art von Konversation nicht besonders. Außerdem unterlagen alle Dinge, die ihre Person wie auch die von Peter betrafen, der strengsten Geheimhaltung und schon das wollte sie nicht erzählen. Das sah so nach wichtigtuen aus. Sie wechselten rasch das Thema und frühstückten. Zwanzig Minuten später brachen alle gemeinsam auf. Die Rohre von zwanzig Kampfpanzern und 155 mm Kanonen sowie die ganzen Fahrzeuge, die gestern am Einsatz teilgenommen hatten, mussten dringend gereinigt werden. Nina und Peter liefen zum Büro des Generals, den man bereits draußen laut telefonieren hörte. Nach kurzem Klopfen traten sie ein.

*„Morgen, kommt herein, ihr beiden. Habt ihr euch wieder etwas erholt? War ein beschissener Einsatz, der vielen Menschen das Leben gekostet hat. Aber so ist nun mal der Krieg. Ich habe gerade neuen Treibstoff und ordentlich Munition bestellt, damit*

*mir nicht die Argumente ausgehen, wenn wir angegriffen werden."*

*„Guten Morgen, Sir, es geht so in etwa."*

*„Ihr wollt sicher wissen, wann euer Taxi geht?"*

*„Genau, Sir."*

*„Laut Plan startet ihr mit der Bell um 8:30 Uhr. Wir wollen aber noch abwarten, bis es hell wird und ob der Sandsturm hierherzieht. Ach übrigens, Colonel Hazel bittet euch kurz zu sich. Er liegt auf der Krankenstation. Schaut mal nach ihm. Ihn hat es übel erwischt. Ich habe schon mit ihm gesprochen."*

*„Schlafen Sie eigentlich auch schon mal, Sir?"*

*„Ach, Mädel, wenn ich einmal den Arsch zukneife, kann ich ewig schlafen und so lange gönne ich mir halt so viel Schlaf wie eben nötig. So, und nun schaut bei Hazel vorbei und dann haut endlich ab, sonst rekrutiere ich euch doch noch."*

Der General lachte mit kehliger Stimme und drückte Nina und Peter kurz an sich.

*„Ihr habt glänzende Arbeit geleistet."*

*„Und wir danken dafür, dass Sie uns das Leben gerettet haben, General."*

*„Papperlapapp, das war eine schöne Übung für meine Truppe. Bis bald mal wieder."*

Nina und Peter trotteten dem Schild mit der Aufschrift ‚Sanitätsbereich' entgegen.

*„Grey ist schon ein merkwürdiger Typ. Er scheint für seine Truppe eine Art Vaterfigur zu sein. Niemand spricht schlecht über ihn. Aber ich glaube, privat ist Grey verdammt einsam."*

*„Tja, Nina, da kann ich dir nichts zu sagen. So gut kenne ich ihn nicht. Ihm eilt aber in der Tat als Einheitsführer und Vorgesetzter ein super guter Ruf voraus."*

Schon bevor sie den Eingang in die Krankenstation betraten, wehte ihnen der Geruch nach Desinfektionsmitteln entgegen. Die kleine, farbige Schwester, die den Zugang zu den Patienten bewachte, zeigte viele weiße Zähne und ein liebes Puppengesicht, als Nina und Peter sie freundlich begrüßten.

*„Morgen, Schwester, wir möchten Colonel Hazel besuchen. Ist das möglich? Wir fliegen in einer Stunde hier fort und haben deshalb nicht mehr viel Zeit."*

*„Ich frage ihn, ob er für einen Besuch bereit ist."*

Nur wenige Minuten später winkte die kleine Schwester Nina und Peter zu.

*„Es ist die zweite Türe auf der rechten Seite."*

Nina und Peter klopften leise an und wurden hereingebeten. Ein wenig erschraken die beiden MI6 Agenten, als sie den geschundenen Körper des Colonels vor sich liegen sahen. An den Beinen verdeckten unzählige weiße Pflaster die

Bisswunden von Nagern, die die Ärzte gereinigt und desinfiziert hatten. Hazels Bauch, sein Hals wie auch der Kopf wiesen erhebliche Brandwunden auf, die ebenfalls bestmöglich behandelt wurden. Sein rechtes Auge war mit einem Verband verdeckt.

*„Hallo, ihr beiden, kommt ruhig herein und nehmt einen Moment Platz. Ich kann euch leider nichts anbieten, aber eines möchte ich ganz besonders. Ich möchte euch Danke sagen. Ihr habt mir das Leben gerettet. Einen weiteren Tag in dem Erdloch und ungeschützt der Sonne ausgesetzt hätte ich wohl nicht überlebt. Ich werde zwar nie mehr fliegen können, weil mein rechtes Auge durch die Sonne stark geschädigt wurde. Aber ich lebe noch und um mit meinen Enkeln herumtoben zu können, reicht die Sehkraft noch allemal aus. Wenn ich aus der Reha komme, machen wir bei mir zu Hause in Irland ein großes Fest. Ihr beiden seid jetzt schon herzlich eingeladen. Aber eine Bitte habe ich noch an euch beide. Findet die Kerle, die meine Piloten in den Tod geschickt haben und nehmt sie hoch, damit mein Geschwader wieder das wird was es mal war."*

*„Nichts für ungut, Sir. Wir werden unser Bestes geben, Colonel Hazel. Gute Besserung und bis bald bei Ihnen zu Hause. Ich bringe ein Fläschchen Whisky vom Besten aus Vaters Beständen mit. Damit genesen Sie noch schneller. Also bis dann, Sir."*

Nina und Peter verabschiedeten sich und verließen den Sanitätsbereich. Weil sie ohne großes Gepäck angereist waren, griffen sie sich ihre Rucksäcke mit ihren Waffen und liefen zum Hubschrauberlandeplatz. Ein junger, Kaugummi kauender Leutnant löste sich von der Frontscheibe einer ziemlich betagten Bell, gegen die er gelehnt gestanden hatte.

*„Leutnant Grass, Morgen Sir, Morgen Leutnant. Wir sind startbereit. Flugwettertechnisch sind weder Turbulenzen noch Sandstürme gemeldet. Dafür aber jede Menge Truppenbewegungen der Terroristen in Richtung der britischen Airbase. General Grey wartet schon auf ein Amtshilfeersuchen des Geschwaderführers, damit er, wie er sagt, bei den Tommis für Ordnung sorgen kann. Sie kennen unseren General ja. Wir nehmen deshalb heute auch die alte Bell. Die ist gepanzert und an beiden Seiten sind jeweils Doppel-MGs montiert. Macht Ihnen das etwas aus? Ist halt etwas zugiger als in der Reise-Bell."*

*„Nein, keineswegs, Hauptsache ist wir kommen heil zur Base."*

*„Ja, dann darf ich bitten zum Bell-Tango."*

Grinsend verschwand der Pilot in seiner Kanzel, während Nina und Peter auf der Sitzbank Platz nahmen und sich festschnallten. Noch während sie ihre Helme anzogen, startete der Pilot die

Triebwerke. Die Zugluft in der Bell, in der beidseitig die Schiebetüren offen standen, war extrem. Die beiden MG-Führer saßen fest angeschnallt beinahe im Freien hinter ihren Doppel-MGs. Zehn Minuten später hob der Bell-Hubschrauber vom Heliport der amerikanischen Panzerbase ab mit Ziel britische Airbase.

## 19

Während der Hinflug zur Panzerbase nur knapp zwanzig Minuten in Anspruch genommen hatte, dauerte ihr Rückflug beinahe fünfundvierzig Minuten. Immer wieder mussten sie Ansammlungen von kleinen Bodeneinheiten der Terroristen ausweichen, die sie mit automatischen Waffen und sogar mit einer Boden-Luft-Rakete angriffen. Die beiden MG-Schützen hatten alle Hände voll zu tun, die Gegner in Schach zu halten. Doch ein paar Einschläge musste die gute alte Bell doch hinnehmen. Nach der Landung verließen Nina und Peter erleichtert den Hubschrauber und winkten dem Piloten noch zu, während die MG- Schützen neue Gurte in ihre Waffen einlegten. Schon hob der Hubschrauber wieder ab. Aus allen Gebäuden rannten Soldatinnen und Soldaten auf Nina und Peter zu, um ihnen zum erfolgreichen Abschluss ihres Auftrages zu gratulieren. Die beiden schüttelten eine Menge Hände, bevor sie sich bei Major Stanton anmelden ließen.

„Kommen Sie herein, Mister McCord und Misses Brennan. Sie haben brillante Arbeit geleistet. Ich habe Ihre Verdienste bereits nach London übermittelt. Ein besonderes Lob auch dafür, dass Sie Colonel Hazel gerettet haben."

„Danke, Sir, aber ohne die Panzer von General Grey hätten wir es nicht geschafft."

„Stellen Sie mal Ihr Licht nicht so unter den Scheffel, McCord."

„Eigentlich sind wir es nicht gewöhnt, so unter den Augen der Öffentlichkeit zu operieren, Major Stanton. Beamte unseres Schlags arbeiten stets im Verborgenen."

„Egal und wie dem auch sei, jetzt müssen Sie sich noch unseres Problems annehmen und die Lösung brennt mir dringend unter den Nägeln. Ich habe gestern für zwei unserer Tornados eine fiktive Fluggenehmigung erteilt. Als die Piloten bereits in ihren Kanzeln saßen und Startbereitschaft meldeten, habe ich den Einsatz abgebrochen und die Maschinen kontrollieren lassen. Beide Tornados waren manipuliert und hätten im Notfall nicht ihre Täuschungskörper abwerfen können. Ich stelle Ihnen alles zur Verfügung, was in meiner Macht steht, damit wir den oder die Kerle schnappen. Also *gehen Sie die Sache an. Ich benötige dringend positive Resultate."*

*"Wir tun alles, was in unserer Macht steht, Sir."*

*"Dann hauen Sie rein. Wenn Sie etwas brauchen, kommen Sie einfach gleich zu mir. Durch die kurzen Wege werden wir schlagkräftiger und schneller. Also dann."*

*"Ja, so könnte es gehen, Sir."*

Nina und Peter liefen zu ihren Unterkünften, um sich ein wenig frisch zu machen nach dem staubigen Flug.

*"Dieser Stanton ist irgendwie ein komischer Typ. Es kommt mir so vor, dass er nicht akzeptieren möchte, dass Frauen die gleichen Arbeiten leisten können wie Männer."*

*"Ach, das wusste ich jetzt auch noch nicht."*

Peter fing sich von Nina einen ordentlichen Boxhieb gegen seine linke Schulter ein, der ganz sicher schmerzhaft war, ihn aber auch zum Lachen brachte.

*"Warte nur ab, Colonel McCord. Einmal habe ich dich schon aus der Scheiße gezogen. Beim nächsten Mal schaue ich belustigt zu, wie dir die Mädels die Eier flachklopfen."*

Peter machte ein ziemlich verdutztes Gesicht. Nina lachte sich schief über diesen Anblick.

Da Waffentragepflicht auf der Airbase befohlen war, holten sich Nina und Peter jeder eine 9mm Pistole aus der Waffenkammer. Ihre Hightech Maschinenpistolen waren als Tragewaffe für diesen Zweck völlig ungeeignet. Ihr nächster Weg führte sie zum leitenden Waffenoffizier, der für die Bewaffnung der Jets und deren Täuschungssysteme verantwortlich war. Der junge Offizier sprang sofort von seinem Stuhl hinter dem Schreibtisch auf, als Nina und Peter sein Büro betraten.

*„Guten Morgen, Colonel McCord, hallo Leutnant Brennan. Ich möchte Ihnen ganz herzlich zum großen Erfolg bei der Geiselbefreiung gratulieren. Meine Freundin befand sich unter den Opfern. Vielen Dank."*

*„Morgen, Oberleutnant Banks. Wir sind auch froh, dass wir da heil rausgekommen sind. Aber ohne die Panzer von General Grey hätten wir es wohl nicht geschafft."*

*„Obwohl es ja auch zwei Todesopfer gab."*

*„Da sind Sie nicht ganz korrekt informiert, Mister Banks. Wir haben zwei tote Geiseln und wahrscheinlich vierzig tote Terroristen."*

*„Nun ja, Sir, es sind unsere Feinde."*

*„Natürlich sind es unsere Feinde und doch sind es Menschen, die für immer ihr Leben verlieren. In PC-Spielen ist das anders. Da stehen einem Krieger*

*viele Leben zur Verfügung. In der Realität gilt tot als tot."*

*„So habe ich das noch gar nicht betrachtet, Sir."*

*„Dachte ich mir. Aber wir sind nicht zum Philosophieren hier, sondern um die Saboteure zu fassen, die unsere Maschinen manipulieren. Außerdem führen wir Befehle aus. Erzählen Sie uns bitte, was Sie bisher unternommen haben, um die Sabotage zu verhindern?"*

*„Nun, Sir, alle Maschinen, die sich nicht in Alarmbereitschaft befinden, stehen in mehrfach gesicherten Splitterbunkern, die von Doppelstreifen rund um die Uhr bewacht werden. Das Wachpersonal wechselt alle drei Stunden. Die Mannschaften werden täglich ausgetauscht. Für die Stahltore, hinter denen die Tornados geparkt stehen, haben nur mein Stellvertreter und ich Schlüssel, die wir stets bei uns tragen. Es gibt keine Fenster, Dachluken oder sonstige Fluchttüren. Nach meinem Dafürhalten kann niemand ungesehen die Splitterbunker betreten."*

*„Und doch scheint es möglich zu sein, die Maschinen zu sabotieren. Aber wo liegen die Schwachstellen?"*

*„Wenn wir das wüssten, hätten wir sie ganz sicher nicht zur Durchführung des geheimen Einsatzes Adlersterben hergebeten."*

„Auch wieder wahr. Uns wäre der herrliche Ausblick auf jede Menge Sand und Geröllwüste mit vielen Toten entgangen."

„So habe ich das nicht gemeint, Colonel."

„Ich weiß, Mister Banks. Wir sind auch nicht auf Urlaub hier. Um ein Haar wäre ich gestern während des Einsatzes drauf gegangen. Aber jetzt müssen wir uns auf unsere Aufgabe konzentrieren und schauen, wie wir das Adlersterben beenden können."

„Ja, natürlich. Wie wollen Sie vorgehen, Sir?"

„Ich denke, es wird das Beste sein, wenn Misses Brennan und ich uns erst einmal einen Überblick verschaffen, wie die Maschinen untergebracht sind."

„Soll heißen, Sie möchten die Bunker anschauen?"

„Genau. Werden Sie uns begleiten? Ich meine wegen des Schlüssels?"

„Ich kann Ihnen den Schlüssel auch aushändigen, wenn Ihnen das lieber ist."

„Ich glaube, so ist es am besten. Dann halten wir Sie nicht von der Arbeit ab."

Ein eher gequältes Lächeln huschte über die Gesichtszüge des Oberleutnants, dass Peter jedoch nicht wirklich zu deuten wusste. Er nahm den Schlüssel gegen Unterschrift entgegen und bedankte sich. Ohne weiter auf ihren Job und ihre

Pläne einzugehen, verließen Nina und Peter den Unterstand von Oberleutnant Banks.

„Er ist irgendwie nicht ganz koscher, unser Oberleutnant Banks. Was denkst du, Peter?"

„Banks ist in der Tat ein wenig zurückhaltend. Ich glaube, er war froh uns los zu sein. Er beobachtet uns."

„Ja, ich sehe ihn. Er steht an seinem Fenster und schaut uns nach."

„Irgendetwas stimmt nicht mit dem Mann. Aber wir finden das raus, Nina."

Nina und Peter näherten sich dem ersten Flugzeugsplitterbunker. Zwei junge Soldaten schauten ihnen entgegen und hoben unmerklich ihre Maschinenpistolen leicht an. Als sie Peter erkannten, ließen sie ihre Waffen wieder sinken.

„Hallo, Colonel, Sie und Oberleutnant Brennan haben einen tollen Job gemacht. Die ganze Base spricht darüber. Sie haben auch Colonel Hazel befreit. Schade, dass er niemals mehr fliegen darf. Er ist ein super Vorgesetzter."

„Wir geben immer unser Bestes. Es gehört aber auch eine Menge Glück dazu. Gab es hier irgendwelche Vorkommnisse in den letzten Tagen?"

„Nein, Sir, hier hat sich nichts ereignet."

*„Ok, dann wollen wir mal in den Splitterbunker hineinschauen. Ich habe den Schlüssel."*

Die beiden Soldaten traten zur Seite, während Peter das Sicherheitsschloss öffnete. Er schob den rechten Torflügel so weit auf, dass sie nacheinander den Bunker betreten konnten. Ein Druck auf den Lichtschalter rechts neben dem Torflügel ließ mehrere Scheinwerfer aufleuchten. Sofort fiel auf, dass das Bugrad eines Tornados defekt war.

*„Da haben wir schon gleich einen sichtbaren Mangel. Schaust du dir bitte einmal das Bugrad genau an, Nina."*

Nina trat unter die Nase des Kampfjets und zog eine kleine, starke Maglight aus ihrem Kampfanzug. Sofort begann sie damit, das Fahrwerk und den Reifen des Jets zu untersuchen.

Peter lief derweil um die Maschine herum, um nach weiteren optisch sichtbaren Defekten Ausschau zu halten.

*„Hast du einen Moment für mich, Peter?"*

*„Ja klar, was gibt es."*

*„Das Bugrad wurde manipuliert. Sieh dir die Einstichspuren an. Hier hat ein Saboteur mit einem großen Messer, einem Schraubendreher oder einer Ahle zwischen Gummireifen und Felge eingestochen. Schwer zu sagen, wann der Angriff auf das Fahrwerk erfolgte."*

*„Tja meine Herren, wie sie selbst sehen können wurde der Tornado vorsätzlich beschädigt und damit kampfunfähig gemacht. Wie lange stehen Sie hier schon Wache?"*

*„Wir wechseln wegen der großen Hitze alle drei Stunden, Sir."*

*„Und wer macht den Wachdienstplan?"*

*„Wachoffizier Leutnant Kingsley."*

Peter griff zum Funktelefon und rief Oberleutnant Banks an und berichtete ihm von dem offensichtlichen Sabotageakt.

*„Kommen Sie bitte her, Mister Banks und sehen sich das selbst an."*

*„Tut mir leid, Colonel McCord. Ich bin zurzeit zu beschäftigt, um zu Ihnen zu kommen. Morgen ist es ganz sicher ruhiger. Dann habe ich mehr Zeit."*

*„Ok, Oberleutnant Banks, dann formuliere ich meine Bitte halt anders. Das ist ein Befehl, Oberleutnant. Ich erwarte Sie umgehend."*

Sofort drückte Peter das Gespräch weg.

Ein Schmunzeln huschte über die Gesichter der beiden Wachsoldaten. Peter informierte auch Major Stanton, der alles Stehen und Liegen ließ und zum Splitterbunker eilte. Weil Peter kein Whistle- blower war, verzichtete er auf eine Anspielung auf das Verhalten von Oberleutnant Banks.

*„Was haben Sie herausgefunden, Mister McCord?"*

Major Stanton vermied es, ihn mit seinem Dienstgrad anzusprechen, da Peter eine Dienstgradstufe über seiner lag, obwohl er zurzeit der kommissarische Geschwader Kommodore war.

„Das Bugrad des Tornados wurde vorsätzlich beschädigt, Sir. Schauen Sie hier."

„Unglaublich. Wer hatte die letzten vierundzwanzig Stunden hier Wachdienst?"

„Dafür benötigen wir den Wachdienstplan, Sir."

„Hören Sie, Banks, holen Sie mir Leutnant Kingsley her."

Leutnant Kingsley kam im Laufschritt angerannt und trug den Ordner mit dem Wachdienstplan in seiner Hand. Er nahm gleich Haltung an, um Meldung zu machen. Doch Stanton winkte ab. Mit wenigen Worten setzte der Chef des Geschwaders seinen ersten Wachoffizier über die Vorkommnisse in Kenntnis.

„Was sagen Sie dazu, Leutnant Kingsley?"

„Ich lege für jeden meiner Männer und für jede der Soldatinnen meine Hand ins Feuer. Keiner von ihnen hat sich je etwas zu Schulden kommen lassen. Bei allen Soldatinnen und Soldaten waren die Drogenscreenings negativ. Es kommt hinzu, dass keiner von uns einen Schlüssel zu den Hangars besitzt. Nur Oberleutnant Banks und Sie befinden sich im Besitz dieser Schlüssel, Sir."

## 20

Wenig später versammelten sich im Besprechungsraum der Airbase alle eingeteilten Wachsoldaten, Major Stanton, Oberleutnant Banks, Leutnant Kingsley, Nina und Peter zur Lagebeurteilung.

*„Was ist eigentlich mit den Videokameras, die die Splitterbunker Tag und Nacht überwachen sollen?"*

*„Die zeichnen permanent vierundzwanzig Stunden lang das Geschehen auf und werden darüber hinaus konstant von Soldaten an Monitoren überwacht, Colonel."*

*„Gibt es auch Kameras in den Bunkern?"*

*„Nein, Sir. Niemand kann einen Splitterhangar ohne gesehen zu werden betreten."*

*„Anscheinend doch, sonst würden unsere Jets nicht attackiert. In diesem Fall kostet der Angriff kein Menschenleben oder ein ganzes Flugzeug. So ein defektes Bugrad fällt sofort auf. Doch die deaktivierten Täuschungskörper zur Raketenabwehr sind im Luftkampf überlebenswichtig. Wie also können diese Systeme außer Betrieb gesetzt werden, wenn niemand die Bunker betreten kann?"* Peter hatte sich etwas in Rage geredet. Ihm war es schier unverständlich, wie sich erwachsene Soldaten so phlegmatisch bewegen konnten.

*„Dass Kameras in den Bunkern Wunder bewirken, können Sie daran erkennen, wenn Sie meinen*

*Tornado untersuchen. Leutnant Brennan hat keinen Anschlag auf unseren Jet feststellen können, weil unsere Maschine durch eine eigene Kamera überwacht wird."*

*„Ok, Mister McCord, dann erteile ich jetzt den Befehl an die Sicherheitsabteilung, alle Bunker unserer Adler im Innenbereich mit Überwachungskameras auszurüsten. Wie lange werden Sie dafür an Zeit benötigen, Oberleutnant Banks?"*

*„Wenn die entsprechenden Systeme im Nachschubdepot lagernd sind, ein paar Tage, Sir. Dazu benötigen wir noch einige PCs mit Bildschirmen. Außerdem sollten wir ein paar zuverlässige Soldaten schulen."*

*„Wieso das, Mister Banks? Unsere Jungs werden ja wohl in der Lage sein, eine visuelle Überwachung der Jets durchführen zu können, ohne besonders geschult zu werden oder etwa nicht?"*

*„Wenn Sie das so sagen, Colonel McCord, sollte dies in der Tat möglich sein."*

Es wurde noch ein wenig gefachsimpelt, bis sich die Runde auflöste.


*„Komm, Nina, wir schauen uns einmal genau unseren Adler an. Ich habe zwar eben laut getönt, dass unser Tornado nicht manipuliert wurde. Aber so genau haben wir uns die Maschinen noch nicht angesehen."*

*„Ja, ich glaube, das ist eine gute Idee."*

Für den Splitterbunker, in dem ihr Jet geparkt stand, hatte nur Peter einen Schlüssel erhalten. Den Zweitschlüssel bewahrte Major Stanton in seinem Tresor auf. Nach einem zehnminütigen Lauf erreichten sie die Splitterbox. Peter schob den Schlüssel in das Schloss und öffnete den rechten Torflügel so weit, dass man bequem eintreten konnte. Der Geruch aus einer Mischung von Kerosin, Gummi und Kunststoff schlug ihnen entgegen. Nina schaltete die Beleuchtung ein.

*„Schau mal Peter, unser Vögelchen verliert ein wenig Hydrauliköl. Was allerdings nicht unnatürlich ist, bedenkt man, wie alt der Tornado ist."*

Nina trat unter die rechte Tragfläche. Mit ihrer Minimaglight leuchtete sie in den Fahrwerkschacht hinein. Mit geschultem Blick fand sie sofort den Ursprung für die Leckage.

*„Sieh dir das an, Peter. Was aussieht wie eine leicht schwitzende Dichtung, entpuppt sich als eingeschnittene Hydraulikleitung zum Fahrwerk. Was bedeutet, dass wenn nach dem Start das Fahrwerk eingefahren wird, der Schlauch genau an dieser Stelle ganz aufplatzt und durch die Größe der Beschädigung so viel Hydrauliköl ausläuft, dass man das Fahrwerk zur Landung nicht mehr ausfahren kann. Ein Kampfpilot, der nichts anderes tut, als Tornados fliegen, könnte den Jet eventuell*

*noch auf einem Schaumteppich landen. Wir müssten mit dem Schleudersitz aussteigen und die Maschine aufgeben."*

Nina grinste ein wenig.

*„Das heißt, du glaubst im Ernst, dass ich den Adler nicht auch auf nur zwei Beinen gelandet bekomme?"*

*„Genauso sehe ich das."*

*„Wo du Recht hast, hast du Recht, Nina. Und was jetzt?"*

*„Jetzt schließe ich den Diagnoselaptop an den Jet an und überprüfe, ob es weitere Manipulationen gibt. Dafür nehme ich aber nicht den, welchen der Vogel an Bord hat, sondern mein eigenes aus meiner Reisetasche. Darauf ist die gesamte und neueste Software für einen Rundumcheck der Maschine. Es ist die Erstausrüstersoftware vom Hersteller."*

*„Da bin ich aber mal gespannt, was uns da noch für weitere Überraschungen zuteilwerden."*

*„Ich allerdings auch. Warte einen Moment, ich hole den Rechner her."*

Nina wand sich um und setzte den ersten Schritt. Doch sie stolperte und fiel hin. Peter eilte ihr gleich zur Hilfe.

*„Du bist aber schnell aus dem Gleichgewicht zu bringen. Ist sicher altersbedingt."*

Peter grinste und fing sich einen bitterbösen Blick und in Folge einen heftigen Boxhieb ein.

*„Nix altersbedingt, Blödmann, ich bin gegen irgendeinen Widerstand getreten."*

*„Aber hier ist absolut nichts außer einer Schicht feinem weißen Sand. Hast du dir wehgetan?"*

*„Nein, ist schon ok."*

Peter ließ seine rechte Hand vorsichtig über den sandigen Boden gleiten. Doch einen Widerstand fand er nicht. Nina drehte sich auf die Knie und tastete ebenfalls den Boden ab, bis sie plötzlich fündig wurde. Wie ein Nager, der damit befasst war, einen neuen Bau zu graben, setzte Nina ihre beiden Hände ein, um den Sand zur Seite zu schaffen. Es dauerte nicht lange und sie legte einen rechteckigen Metalldeckel frei, der eine kleine, klappbare Metallöse aufwies, gegen die Nina offensichtlich getreten war.

*„Sieh dir das an, Peter. Unsere Saboteure kommen scheinbar nicht von draußen in die Hangars rein, sondern von unten."*

*„Wir müssen sofort überprüfen, ob die anderen Bunker ebenfalls über eine solche Klappe verfügen. Wir melden die Entdeckung des Schachtes hier aber nur Major Stanton. Wer weiß schon, wer hier auf der Base noch in diese Sabotageakte involviert ist?"*

*„Und wenn Stanton selbst der Terrorist ist? Lass uns nur den Schlüssel bei ihm holen. Wir sagen ihm*

*einfach, dass wir nacheinander alle Jets mit meiner Software überprüfen wollen."*

*„Ja, so machen wir das. Damit wecken wir keine schlafenden Hunde. Wer weiß schon, ob Stanton nicht die Welle macht, wenn wir ihn jetzt informieren, um nachher als Held dazustehen, um seinen nächsten Stern auf die Schulterklappen stecken zu können. Ich hole den Schlüssel. Bleib du bei unserem Vögelchen. Das ist unser Weg zurück nach Hause."*

*„Ok, ich check derweil unseren Tornado durch."*

Peter schlenderte zum Kommandobunker herüber und melde sich bei Major Stanton an. Der junge Adjutant meldete Peter sofort bei seinem Chef an.

*„Kommen Sie rein, McCord. Wir sind hier nicht so förmlich. Was kann ich für Sie tun?"*

*„Misses Brennan und ich wollen jeden einzelnen Jet mittels der Sondersoftware, die sie auf ihrem Laptop hat, überprüfen."*

*„Das ist genial. Vor etwa zehn Minuten rief mich das Verteidigungsministerium aus London an und fragte nach, wann mein Geschwader wieder einsatzbereit sei. Wir können unsere Aufträge nicht ohne dieses Geschwader erfüllen und dafür benötige ich einsatzbereite Jets. Es sind bereits drei neue Piloten auf dem Weg hierher und werden morgen hier erwartet."*

*„Wir gehen die Angelegenheit jetzt mit Hochdruck an, Sir. Geben Sie mir bitte den Universalschlüssel für die Hangars. Wir testen jetzt nach einander alle Maschinen durch und versiegeln die Torschlösser der Splitterbunker."*

*„Sehr gute Idee, McCord. Ich verlasse mich auf sie und Misses Brennan."*

*„Wir tun unser Bestes, Sir."*

*„Das weiß ich ja und dass Sie Beide die Besten sind, weiß ich auch. Gutes Gelingen, McCord."*

*„Bin schon weg, Sir."*

Nina saß im Cockpit des Jets und ließ die Software ihres Laptops arbeiten. Ellenlange Zahlenreihen huschten über den Bildschirm, blieben stehen, stockten und huschten weiter. Nach etwa einer halben Stunde meldete der PC den Fehler an der Fahrwerkhydraulik rechts sowie eine winzige Softwaremanipulation an der Avionik, die Nina sofort korrigierte.

*„Und wie sieht es aus, Nina?"*

*„Irgendjemand hat die Software der Avionik manipuliert. Bei unserem Schätzchen hätte irgendwann das Höhenruder verrückt gespielt. Wir wären in einen Sturzflug übergegangen den du nicht mehr hättest stoppen können. Wir wären wahrscheinlich nicht mal mehr mit dem Schleudersitz aus der Maschine herausgekommen. Sonst liegen keine*

*Fehler vor. Diesen hier habe ich beseitigt. Eines steht jedoch fest: Die Saboteure befinden sich im Besitz der aktuellen Originalsoftware für die Tornados und die bekommst du nicht im Supermarkt."*

*„Hältst du es für möglich, dass einer der Soldaten auf dem Stützpunkt dahintersteckt?"*

*„Möglich ist dies auf jeden Fall. Vermutlich steckt eine Erpressung dahinter. Geldsorgen, Spiel-schulden, irgendwelche Frauengeschichten, wer weiß das schon. Ich glaube allerdings nicht, dass sich eine Soldatin und ein Soldat auf die Seite des IS geschlagen haben. Aber du kannst niemandem hinter die Stirn schauen. Selbst hohe Offizier können durch unbedachtes Handeln in Schwierigkeiten kommen und somit erpressbar werden."*

*„Du denkst jetzt sogar an Stanton?"*

*„Natürlich, jeder hier kann in solch eine Situation geraten."*

*„Da gebe ich dir leider Recht. Wollen wir jetzt mal schauen, welche Überraschung unter dem Stahl-deckel auf uns wartet?"*

*„Ok, dann lass uns zuerst die Waffen und ein wenig Ausrüstung holen."*

*„Ich schließe den Bunker erst einmal wieder ab. Dann können wir los."*

Schnell machten sich Nina und Peter auf den Weg zu ihren Unterkünften. Peter holte sogleich die kleine Maschinenpistole aus seinem Spind und die noch vorhandenen gefüllten Magazine.

Auch die große Stablampe und seine Wasserflasche nahm er mit. Gemeinsam schlenderten sie, ohne Aufsehen zu erregen, zu dem Splitterbunker zurück, in dem ihre Maschine geparkt stand.

## 21

Peter verschloss das Tor von innen. Sofort nahmen sie sich dem Deckel an, den sie gänzlich freigelegt hatten. Bevor sie ihn jedoch hochhoben, prüften sie ganz sachte, ob der Klappendeckel eventuell mit einer Sprengfalle verbunden war.

*„Kannst du etwas fühlen, Nina?"*

*„Nicht wirklich. Aber warte noch einen Moment, ich taste mich mal ganz unter den Deckel vor. Da ist ein Draht befestigt."*

*„Also doch eine Sprengfalle. Sei vorsichtig, Nina."*

*„Ja, bin ich. Ich ertaste eine Öse. Die ist mit einem Haken am Deckel verbunden. Ich hänge die Öse jetzt vom Deckelhaken ab."*

Nina begann heftig zu schwitzen. Peter hielt den Deckel so gut wie möglich fest.

*„Steht der Draht etwa unter Spannung, Nina?"*

*„Nein, Peter, er hängt ganz locker herunter. Ich denke, es ist kein Zünder, der unter Spannung steht."*

*„Dann häng die Öse aus, Nina."*
*„Mach ich. Schauen wir was geschieht?"*

Es blieb völlig still. Vorsichtig hoben Nina und Peter Zentimeter für Zentimeter den Deckel an, bis sie ihn neben dem Abgang ablegen konnten. Ein Blick in die Tiefe des Schachtes war unmöglich. Bereits nach wenigen Metern trafen ihre Augen auf absolute Dunkelheit. An der Stirnseite des Schachtes waren Steigeisen in die Seitenwände gerammt.
*„Ich weiß, was du denkst. Soll ich vorgehen?"*
*„Nein, Nina, ich klettere zuerst hinunter."*

Peter hängte sich die Maschinenpistole sowie den kleinen Rucksack über die Schultern. Die große Maglight Stablampe stecke er sich senkrecht, mit nach unten gerichteten LEDs, hinten in den Gürtel und schaltete sie ein. Die Mini-Lampe schob er sich in den Mund. Vorsichtig stieg Peter in den Schacht ein, der glücklicherweise ausreichend groß war, um problemlos hinab klettern zu können. Eisen für Eisen stieg Peter in die Tiefe, bis er auf festen Boden traf. Er hatte mitgezählt und diesen nach fünfzehn Tritteisen erreicht. Mit der Lampe gab er Nina ein Zeichen, dass sie ihm gefahrlos folgen konnte. Blitzschnell kam Nina zu Peter herunter. Er erkundete derweil die Umgebung. Der

Abstieg gehörte wie es schien zu einem ausgeklügelten Tunnel- und Schachtsystem, das sich unter dem gesamten Stützpunkt ausbreitete. Offensichtlich waren von hier unten aus jeder Flugzeugsplitterbunker über die Gänge und Schächte erreichbar. Ob auch Zugänge zu den übrigen Gebäuden des Stützpunktes bestanden, konnten sie so nicht feststellen. Dafür mussten sie erst einmal das ganze Wegsystem erkunden. Fakt jedoch war, dass alle Wände und Decken so gut befestigt waren, dass keine Einsturzgefahr bestand. Nina hielt die Handgranate in der Hand.

*„Ist ein sowjetisches Modell, alt, aber sicher noch funktionstüchtig."*

*„Lass es uns nicht ausprobieren, Nina. Hältst du es für möglich, dass die Sowjets diesen Stützpunkt zum Beginn ihres Einsatzes in Afghanistan gebaut und das Tunnelsystem angelegt haben."*

*„Das könnte durchaus sein. Die Handgranate ist ganz sicher aus uralten Sowjetbeständen."*

*„So wie es aussieht, konnte dieses Tunnelsystem jederzeit auch zur Flucht aus dem Stützpunkt genutzt werden, falls der Gegner die Basis überrennt. Gehen wir auf Erkundungstour?"*

*„Ja von mir aus. Aber wir müssen uns irgendwelche Zeichen machen damit wir hier wieder herausfinden."*

*„Gut, dass du es sagst. Aber die Hinweise müssen wir so auswählen, dass sie von unseren Gegnern nicht erkannt werden können. Sie könnten sie so verändern, dass wir hier auf ewig durch die Gänge geistern."*

*„Pssst, hörst du das Peter?"*

*„Ja, das könnten irgendwelche tierischen Bewohner der Unterwelt sein. Vermutlich sind es Ratten. Fangen wir hier rechts an. Auf diesem Weg sollten wir eigentlich zu den Splitterbunkern gelangen, die nach Westen ausgerichtet sind."*

Vorsichtig und lautlos schlichen Nina und Peter den Gang entlang. Alle hundert Meter türmten sie drei kleine Steine als Kennzeichnung der Wegstrecke aufeinander. Sehr bald standen sie vor dem nächsten Schachtaufstieg. Nina steckte sich ihre kleine Lampe in den Mund und stieg nach oben. Auch dort am Ausgang fand sie die gleiche Sprengfallenkonstruktion vor, wie vorher. Sie sicherte den Mechanismus und hob leicht den Deckel an. Über sich erkannte sie gleich den Bauch eines Tornadojets. Damit stand eindeutig fest, dass ganz sicher alle Splitterbunker der Flugzeuge unterirdisch miteinander verbunden waren. Vorsichtig stieg sie zurück in den Tunnelbau.

„Hier haben wir den gleichen Handgranatentyp wie auch an der Klappe zu unserem Jet. Jetzt wird mir natürlich sofort klar, warum sich die Wachsoldaten ihre Augen wund schauen konnten ohne die Saboteure zu entdecken. Wie willst du weiter vorgehen, Peter?"

„Es muss hier irgendwo einen zentralen Eingang zum Tunnelsystem außerhalb der Base geben und genau den müssen wir finden. Ich bin mal gespannt, was uns dort erwartet."

Fast drei Stunden irrten Nina und Peter von Gang zu Gang. An jedem Aufgang zu den Splitterbunkern, den sie kontrollierten, entfernten sie weitere Handgranaten. Doch den Weg zum geheimen Einstieg in die Tunnelanlage fanden sie nicht.

„Ich denke, wir haben alle Bunker von Sprengfallen befreit. Jetzt ist es an der Zeit, den Zugang hier herein ausfindig zu machen. Hast du eine Idee, Nina?"

„Vielleicht. Der vorletzte Splitterhangar, den wir kontrolliert haben, ist der südlichste von allen. Er liegt unweit vom Sperrzaun draußen entfernt. Es könnte durchaus sein, dass hier ein Tunnel unter dem Zaun hinaus aus der Base führt. Vielleicht wurde der Zugang getarnt. Lass uns wieder zurückgehen und nachschauen."

Allmählich ließ jedoch die Batteriekapazität in ihren Stablampen nach. Wirklich gut sehen konnten sie jetzt nicht mehr. Ein Zischen ließ sie plötzlich aufmerksam werden.

*„Hast du auch das Zischen gehört, Peter?"*

*„Ja, es kommt von dort vorn, wenn ich das Geräusch richtig lokalisiere."*

Weil sie sich das Geräusch nicht erklären konnten, gingen sie ganz langsam und vorsichtig auf die Gabelung zu. Nina erreichte als erste die Biegung. Plötzlich stoppte ihr der Atem. Nina zuckte heftig zusammen, was Peter natürlich nicht verborgen blieb.

*„Was ist los, Nina?"*

*„Da spielen zwei schwarze Kobras miteinander. Die sind hochgiftig und ihr Biss ist zumeist tödlich."*

Mitten auf dem Gang gaben sich die beiden Kobras laut zischend und sich ständig umeinander windend ihrem Liebesspiel hin.

*„Ich weiß Bescheid, Nina. Ich habe bereits ungewollt meine Erfahrungen mit deren Gift gemacht. Hier kommen wir jedenfalls vorerst nicht weiter. Die Akkus der Lampen sind auch beinahe leer. Gehen wir zu unserem Hangar zurück und verschieben die Suche nach dem Zugang auf morgen."*

*„Wen willst du über unsere Entdeckung informieren?"*

*„Nur Major Stanton. Weder zu Banks noch zu Kingsley habe ich wirklich Vertrauen. Ich bin mal gespannt, was uns morgen erwartet, wenn wir weiter nach dem Ausgang aus dem Tunnelsystem suchen."*

Unbemerkt verließen Nina und Peter die Tunnelanlage durch das Luk im Hangar in dem ihr Tornado auf seinen nächsten Einsatz wartete. Vorsichtig verschlossen sie den Schacht und verteilten so viel Sand darüber, dass der Einstieg nicht mehr zu erkennen war. Als sie den Splitterbunker verließen, stellten sie erstaunt fest, dass es bereits dämmerte. Sie beschlossen, kurz Major Stanton zu berichten, was sie gefunden hatten. Der Chef des Geschwaders zeigte sich völlig überrascht.

*„Diese Tunnelanlage ist auf keinem Lageplan verzeichnet. Wahrscheinlich weiß außer den Russen niemand etwas über die Anlage. Ich verstehe aber jetzt so manches besser."*

*„Inwiefern, Mister Stanton?"*

*„Nun, es kommt immer wieder vor, dass Waffen und Munition verschwinden. Jetzt verstehe ich natürlich, auf welchem Weg dies geschieht."*

*„Wir möchten unsere Entdeckung aber so lange geheim halten bis wir wissen, wer hinter der Sabotage und den Diebstählen steckt. Es wäre*

*durchaus möglich, dass die Terroristen Verbündete auf dem Stützpunkt haben."*

*„Ok, dann ist unsere Unterhaltung topsecret. Sie haben alle Freiheiten, die Sie benötigen McCord. Schnappen Sie sich die Terroristen, damit unser Geschwader endlich wieder seine Aufgaben erfüllen kann. London sitzt mir bereits im Nacken, weil wir unsere Alliierten nicht unterstützen können."*

*„Wir hoffen, morgen wichtige Hinweise auf die Täter zu finden. Ach, noch etwas, Sir, dürfen wir den Stützpunkt abends verlassen?"*

*„Aber natürlich, McCord, wenn Sie lebensmüde sind. Hinter jedem Busch, hinter jedem Felsbrocken und in jedem Erdloch können sich IS Krieger verbergen, die nur darauf warten, einen unserer Soldaten zu fassen zu bekommen. Sie werden gefoltert bis zum geht nicht mehr und wenn Sie völlig fertig sind, bietet man Sie gegen ein horrendes Lösegeld zum Austausch an. Man hat uns bei Nacht und Nebel Kameraden vors Tor geworfen, denen beinahe sämtliche Extremitäten fehlten. Ein schier grauenvoller Anblick. Und wenn Sie nicht von den Terroristen geschnappt werden, sticht Sie ein Skorpion oder Sie werden von einer Giftschlange gebissen, von denen es hier nur so wimmelt. Wir haben schon genug Probleme damit, uns dieses Giftgetier vom Stützpunkt fernzuhalten."*

„Keine wirkliche Einladung zu einem entspannenden Spaziergang im Mondlicht, Sir."

„In der Tat nicht. Aber wenn Sie es ausprobieren möchten, wünsche ich Ihnen einen schönen Feierabend. Sie dürfen den Stützpunkt also gern verlassen. "

„Wir denken drüber nach, Sir. Den wünschen wir Ihnen auch."

Nina hatte sofort bemerkt, worauf Peter hinaus wollte. Sie verabschiedeten sich kurz von Major Stanton und verließen dessen Büro.

## 22

„Kann es sein, dass du mich heute Nacht zu einem, na, nennen wir es nicht romantischen, dafür aber abenteuerlichen Spaziergang einladen möchtest?"

„Ja, so hatte ich mir das gedacht. Statt Smoking, langes Abendkleid, Highheels und Lackschuhen Kampfstiefel und -anzug, Splitterweste, Maschinenpistole und Kampfmesser. Ein beschaulicher Ausflug in den Süden der Geröllwüste schwebt mir so vor."

„So etwas nenne ich Agentenromantik. Gehen wir erst noch in der Kantine essen?"

„Ja, ich denke, das ist der richtige Weg. Wir stärken uns und stürmen alsdann dem Feind entgegen."

„Was für herrliche Aussichten! Mich würde einmal interessieren, welches Ziel du für deine Flitter-

*wochen mit deiner Frau auswählen würdest? Das*
*Mekongdelta in Höhe von Kambodscha, Vietnam*
*und Laos, dem sogenannten Goldenen Dreieck, wo*
*Drogenbarone und Dealer ihr Unwesen treiben oder*
*den Jemen? Vielleicht auch Nordkorea? Oder*
*Mexiko im Herzen der Drogenkartelle zum Beispiel*
*wird auch immer wieder gern gebucht. Auch das*
*Medellin Kartell in Kolumbien ist eine wirklich*
*reizvolle Alternative zum schnöden Poolurlaub.*
*Mord, Vergewaltigung und Menschenraub sorgen*
*für ausreichend Unterhaltung am Urlaubsort."*

*„Meine Flitterwochen würde ich am liebsten in*
*meiner Heimat, den Highlands in Schottland,*
*verbringen. Dort leben ehrliche Menschen*
*einvernehmlich mit der Natur zusammen. Komm,*
*jetzt schau mich nicht so an. Gehen wir essen."*

Nina und Peter gönnten sich ein Steak mit Salat
ohne Kohlenhydrate, die nach Peters Ansicht nur
müde machen. Zum Abschluss tranken sie noch
zwei Tassen starken Kaffee, die vermutlich zum
Aufwecken von Toten aufgebrüht wurden. Bevor
sie sich in ihren Unterkünften für den Galaabend
umzogen, besorgten sie sich in der Kleiderkammer
noch Kevlar-Innenhosen, die bis in die
Stiefelschäfte reichten, mit denen sie ihre Beine
gegen Schlangenbisse, aber vor allem auch gegen
Schuss- und Stichverletzungen schützen wollten.

Gegen zweiundzwanzig Uhr verließen Nina und Peter, gepanzert wie moderne Ritter mit Splitterwesten und Helmen, nachdem sie sich bei der Torwache abgemeldet hatten, den Stützpunkt in einen ungewissen und gefährlichen Einsatz.

Bereits hundert Meter, nachdem sie den Schlagbaum und die Panzersperren der Airbase hinter sich gelassen hatten, schlug ihnen tiefschwarze Nacht und Totenstille entgegen. Auch wenn am Firmament Milliarden von Sternen leuchteten, reichte ihr Licht nicht bis auf die Erde. Nina und Peter zogen sich die Nachtsichtgeräte vom Helmschirm über die Augen, um nicht gleich in den nächstbesten Tierbau zu treten. Ein schwarzer Skorpion, dessen Gift böse Lähmungen auslösen konnte, kreuzte ihren Weg. Die beiden fühlten sich jedoch sicher in ihren schweren Kampfstiefeln, den Kevlar-Hosen und den Splitterwesten. Peter trug am rechten Arm einen GPS-unterstützten Kompass, der ihnen den Weg in südliche Richtung wies. Nach gut einer Stunde Marsch, ohne dass sie wirklich etwas entdeckt hatten, riss Nina Peter plötzlich am Ärmel zu Boden. Wenige Meter von ihnen entfernt tauchten auf ein Uhr zwei männliche Gestalten mit Blickrichtung gen Süden auf, die jeweils eine Zigarette rauchten. Die beiden Krieger schienen ein einfaches, zusammengestückeltes Kreuz zu bewachen, wie es häufig als einziger Hinweis auf ein Soldatengrab in die Erde geschlagen wurde.

*„Siehst du das Kreuz, Peter?"*

*„Ja, klar und deutlich. Du meinst, es passt nicht zusammen, dass Muslime ein christliches Symbol bewachen?"*

*„Genau das denke ich. Und weißt du, was ich noch denke, Peter?"*

*„Das dort unser Eingang ins Tummelsystem versteckt liegt."*

*„Genau. Schnappen wir uns die beiden Kämpfer?"*

*„Wir sollten erst einmal, bevor wir zuschlagen, noch etwas die Umgebung sondieren und schauen, ob sich noch mehr Kämpfer hier herumtreiben."*

*„Du hast Recht, kein Problem."*

Gerade als Peter sich mit seinen Händen vom Boden abdrücken wollte, hielt Nina ihn vehement fest.

*„Was ist?"*

*„Sieh dir das mal an? Nicht abrupt bewegen, sonst fahren wir zwei gleich zur Hölle, was nicht sein darf, da du mir immerhin noch ein ordentliches Steak schuldest."*

Nina deutete auf Peters rechtes Knie hin.

*„Verdammte Scheiße, das ist eine Personenmine. Dort vorn schaut noch eine mit dem Kontaktgeber*

*aus dem Sand hervor. Die haben das gesamte Gelände vor dem Zugang zum Tunnelsystem vermint. Wir müssen schauen, dass wir hier rasch verschwinden und das möglichst ohne eines der Teile zu entzünden."*

Peter griff nach der Mine unter seinem Knie. Vorsichtig zog er sie unter dem Geröll hervor.

*„Ist ein chinesisches Model und noch ziemlich neu. Ich schiebe den Sicherungsbügel in den Auslöser und schon ist die Plastikmine save. Das war verdammt knapp. Hier in dem kleinen Kunststoffbehälter sind messerscharfe Kunststoffspäne eingelegt, die einem Opfer furchtbare Verletzungen zufügen. Das große Problem bei diesem Minentyp ist, dass du sie mit einem einfachen Metalldetektor nicht aufspüren kannst. Sie bestehen komplett aus Kunststoff und kosten nur einen Bruchteil von metallischen Minen."*

Da von diesem Höllenteil in der Größe einer Untertasse keine Gefahr mehr ausging, steckte Peter sich die Mine in seinen Kampfanzug. Die beiden IS-Kämpfer hatten derweil ihre Kippen gelöscht und verschwanden in der Schwärze der Nacht. Nina und Peter bewegten sich ganz langsam, wie zwei Schildkröten, auf das Kreuz zu, ohne jedoch nur für eine Sekunde ihre Augen vom Geröllboden zu nehmen. Auf allen Vieren umkurvten sie noch einige weitere Personenminen, bis sie endlich das windschiefe Kreuz erreichten. Wie Nina und Peter nicht anders vermutet hatten, ertasteten sie ganz in der Nähe des christlichen Wegweisers den metallischen Deckel, der offensichtlich den Zugang zum Tunnelsystem verschloss. Nina und Peter nickten sich zustimmend zu. Endlich hatten sie den Zugang entdeckt. Während Peter auf dem Boden niederkniete, um sich die Sicherungsverhältnisse des Stahldeckels anzusehen, sondierte Nina das Gelände. Vor allem interessierte sie natürlich, wie weit das Lager vom Zugang entfernt lag. Plötzlich vernahm Peter leise Geräusche. Als er sich umdrehte sah er, dass die beiden Männer Nina gefangen genommen hatten. Einer der Männer drückte ihr den Lauf seiner Kalaschnikow in den Rücken, während der andere sie vorn betatschte und nach Waffen zu suchen schien. Peter zögerte keine Sekunde. Er zog sein Kampfmesser aus dem ledernen Behältnis am Gürtel. Scharf konzentriert warf er das Messer, das geräuschlos in den Hals des Angreifers fuhr, der das Schnellfeuergewehr in Ninas Rücken drückte. Zuerst fiel der Kämpfer nach hinten, bis er blutüberströmt auf dem Wüstenboden liegen blieb. Wenig später brach sein Blick. Vom Überraschungsmoment überrumpelt stand der andere Krieger wie gelähmt vor Nina, die umgehend die Initiative ergriff und ihn mit einigen Krav-Maga Schlägen zu Boden schickte. Peter sprang sofort auf und zog sein Kampfmesser aus dem Hals des Toten. Er riss die Wasserflasche des Toten von seinem Gürtel und reinigte sein Messer damit. Allmählich wurde der andere Kämpfer wieder wach. Peter packte gleich zu und sprach den Terroristen mit seinem wenigen Worten Arabisch, die er konnte, an.

*„Wo ist euer Lager?"*

*„Ich sage nix, du verdammter Ungläubiger."*

*„Los, sag es mir."*

*„Ich schweige und verrate nicht meine Kameraden."*

*„Ok, großer Krieger, schauen wir mal wie es weitergeht."*

Peter riss dem toten Kämpfer den Gürtel aus der Hose und fesselte damit dem anderen die Hände auf dem Rücken. Als nächstes nahm er die Mine aus der rechten Tasche an seinem Oberschenkel und steckte sie dem Krieger in den Mund. Zuletzt zog er den Sicherungsstift heraus und drückte seinen Unterkiefer fest gegen die Mine.

*„So, mein Lieber, entweder du sprichst jetzt oder du zerlegst dich gleich in tausend Einzelteile.*

*Also, redest du jetzt, wenn ich dir die Granate aus dem Mund nehme?"*

Mit tiefster Verachtung drehte der Kämpfer seinen Kopf hin und her. Weil Peter seinen Griff lockerte, witterte der Terrorist Morgenluft. Doch Peter wusste genau, was er tat. Der Mann riss sich los und rannte der Dunkelheit entgegen. Doch er stolperte. Dabei spuckte er die Mine aus. Die Reaktion erfolgte schneller, als er erwartete. Nina und Peter warfen sich hin. Eine heftige Explosion erschütterte die Stille der Nacht. Nina wand sich angeekelt ab und übergab sich. Wie von Peter prognostiziert zerfiel der Oberkörper des Kämpfers in viele kleine, blutige Einzelteile, die sich auf dem Wüstenboden verteilten.

*„Ich hatte ihn gewarnt."*

*„Ja, stimmt. Trotzdem ist es ein ekliger Anblick."*

*„Da gebe ich dir wirklich Recht. Ich musste auch heftig würgen. Wir müssen jetzt genau die Augen offenhalten und schauen, ob die Terroristen Patrouillen losschicken um nachzuschauen, was hier los ist."*

Peter hatte seine Vermutungen kaum zu Ende geflüstert als Nina Schritte vernahm. Sofort sprangen die beiden hinter einen größeren Felsbrocken. Peter schaltete sein Nachtsichtgerät ein.

*„Da vorn auf zwei Uhr sehe ich vier bewaffnete Männer."*

*„Ich sehe sie auch. Lassen wir sie auf uns zukommen?"*

*„Ich glaube, das wird das Beste sein."*

Schon sehr bald fielen den vier Terroristen die blutverschmierten Überreste ihres Kameraden auf, die sich im Umkreis von etwa zwanzig Meter auf dem Wüstenboden verteilten. Doch weil die vier Männer keine Anstalten unternahmen sich weiter umzusehen vermutete Peter, dass sie den Tod ihres Mitkriegers für einen tragischen Minenunfall hielten.

*„Schau, Nina, sie ziehen ab. Wahrscheinlich glauben sie, dass der Krieger irrtümlich auf eine Mine getreten ist. Glück gehabt. Wir warten noch einige Minuten und inspizieren anschließend kurz den Tunnelzugang."*

Nina nickte kurz. Wie nicht anders erwartet, handelte es sich bei dem Deckel um genau den Typ wie bei den übrigen Einstiegsluken. Die Verschlüsse waren die gleichen wie auch der Draht zur Sprengfalle. Weil sie nicht ihre großen Stablampen bei sich trugen, verschoben sie die Inspektion des Einstieges auf den nächsten Tag. Ohne einen Laut zu verursachen, entfernten sich Nina und Peter aus der Gefahrenzone. Zurück auf der Base zogen sie sich gleich in ihre Stuben zurück und schliefen durch bis zum nächsten Morgen.

## 23

Noch ein wenig müde klopfte Peter am nächsten Morgen an Ninas Stubentüre.

*„Morgen, Nina, kommst du mit zum Frühstück?"*

*„Morgen, Peter, ja, ich habe richtig Hunger."*

In der Offiziersmesse trafen sie auf den Geschwader-Kommodore Major Stanton.

*„Morgen, Sir, haben Sie gleich ein paar Minuten Zeit für uns?"*

*„Morgen, zusammen. Selbstverständlich, wenn Sie um mein Ohr bitten, gibt es wichtige Neuigkeiten."*

*„In der Tat, Sir."*

Nach einem ausgiebigen Frühstück mit Rührei und Speck, Brötchen, Wurst und Marmelade meldeten sich Nina und Peter bei Major Stanton an.

*„Kommen Sie gleich durch",* empfing sie der Major in seinem Office. *„Nehmen Sie bitte Platz. Was haben Sie ermittelt?"*

Peter übernahm die Berichterstattung und klärte den Geschwader-Chef über ihre Ergebnisse auf.

*„Nach meinem Dafürhalten gibt es zwei Möglichkeiten, die Sabotage an unseren Maschinen sofort zu unterbinden. Erstens: wir verschweißen die Einstiegsluken, verfüllen einen Teil des Tunnels mit Beton und sprengen den Zugang von außen. Damit ist ganz sicher für jetzt und alle Zeit die Gefahr, dass*

*unsere Hangars unterirdisch betreten werden können, beseitigt. Aber wir werden so nie erfahren, wer hinter der Sabotage steckt und ob sich ein Whistleblower auf der Airbase aufhält."*

*„Das sollte nur die zweite Lösung sein, Mister McCord. Wir müssen unbedingt herausbekommen, wer unsere Feinde von hier aus mit brisanten Informationen versorgt. Ich bin nämlich ganz sicher, dass der IS hier auf der Base einen Informanten eingeschleust hat."*

*„Denken Sie an einen Zivilangestellten oder an ein Mitglied des Fliegerkorps?"*

*„Es liegt mir zwar fern, einen Kameraden zu denunzieren, aber ich habe einen schweren Verdacht."*

*„Sprechen Sie vollkommen frei, Major. Niemand wird vom Inhalt unseres Gesprächs erfahren. Es sei denn, die Situation macht unser Eingreifen erforderlich."*

*„Der Staffelführer der dritten Staffel heißt Brighton und hat den Dienstgrad eines Captains. Seine Frau hat ihn vor zwei Jahren verlassen. Von diesem Moment an begann Brighton zu trinken und vor allem exzessiv zu spielen. Wenn er gewann, brachte er seine Erträge mit verschiedenen Mädels durch. Meistens war er nach so einer durchzechten Nacht völlig pleite. Mehrfach wurde er durch unterschiedliche Entzugskliniken geschleust, bis man ihm*

seine Fluglizenz entzog. Von diesem Tag an rührte er keinen einzigen Tropfen Alkohol mehr an. Die Airforce gab ihm eine erneute Chance und setzte ihn im Kosovo wie auch in Afghanistan als Staffelführer ein. Brighton war ein echtes Vorbild für seine Kameraden. Doch eines Abends, während eines Restaurantbesuchs in Kabul, schlugen ihn drei Geldeintreiber krankenhausreif. Als er das Hospital wieder verlassen konnte, gewährte ihm die Airforce einen Kredit über zwanzigtausend Pfund zur Deckung all seiner Schulden. Er nahm dankend an. Doch die Rückzahlung der Raten für das Darlehen und die Kosten fürs College seiner beiden Söhne lassen ihm nicht mehr allzu viel Spielraum im Monat übrig. Ihm traue ich zu, dass er sich vom IS schmieren lässt."

„Das sind natürlich sehr schwerwiegende Vorwürfe, Major. Wir werden der Angelegenheit ganz diskret nachgehen. Gibt es weitere Angehörige hier auf dem Stützpunkt, denen sie solche Sabotageakte zutrauen?"

„Nein, Mister McCord, aber man kann natürlich niemandem hinter die Stirn schauen."

„Das ist wohl wahr, Major. Wir kümmern uns darum."

Nina und Peter verabschiedeten sich vom Geschwader-Kommodore und verließen sein Büro.

„Was hast du jetzt vor, Peter?"

„Wir verbreiten, natürlich unter dem Deckmantel der Verschwiegenheit, das Gerücht, dass das Geschwader einen Geheimauftrag übernehmen soll. Amerikanische Panzerverbände sollen bei einem Vorstoß ins IS Gebiet aus der Luft unterstützt werden und dafür werden alle Maschinen durchgecheckt und aufmunitioniert. Ich werde Stanton einen fingierten Befehl vom Verteidigungsministerium zukommen lassen, damit alles einen offiziellen Charakter bekommt. Wir werden den Major auch nicht in unseren Plan einweihen. Stanton wird dann entsprechende Befehle an die Flugzeugtechniker, Waffeningenieure und die Piloten erteilen. Wenn er in die Sache verwickelt sein sollte, muss er umgehend handeln, möchte er den Einsatz sabotieren."

„Aber auch jeder andere Sympathisant auf dem Stützpunkt, der für den IS arbeitet und verhindern möchte, dass das Geschwader seinen Auftrag erfüllen kann, ist gezwungen, sofort Gegenmaßnahmen einzuleiten."

„Genauso denke ich mir das auch."

„Und wie gehen wir weiter vor?"

„Ich werde jetzt erst einmal mit Simon Sharp telefonieren, damit er alles nötige in die Wege leitet, was den Befehl aus dem Verteidigungsministerium betrifft. Außerdem bestelle ich bei ihm

*eine entsprechende Anzahl an drahtlosen Mini-*
*kameras, die wir heimlich und versteckt in den*
*Flugzeugbunkern montieren."*

*„So sollten wir eigentlich den Saboteur auffliegen*
*lassen. Was aber hast du jetzt vor?"*

*„Wir suchen unseren Flugzeugbunker auf und*
*steigen noch einmal unerkannt in die Unterwelt. Ich*
*möchte herausfinden, ob es noch andere Ausgänge*
*gibt oder sogar Räume, in denen sich Einsatztrupps*
*sammeln können, bevor sie losschlagen. Vielleicht*
*finden wir sogar ein Munitionsdepot oder auch*
*sonst etwas Interessantes."*

Nina und Peter trugen jeder einen kleinen
Rucksack, den sie mit starken Lampen, Akkus und
Munition für ihre Mini-MPs vollgestopft hatten.
Auch Energieriegel sowie ausreichend Trinkwasser
führten sie bei sich. Die beiden jungen Soldaten, die
vor dem Tor zu ihrem Hangar Wache schoben,
machten kurz Meldung.

*„Danke, meine Herren, wir checken heute unseren*
*Vogel durch. Passen Sie gut auf, dass hier keiner*
*reinkommt."*

*„Sie können sich auf uns verlassen, Sir."*

*„Wunderbar, weitermachen, die Herren."*

Grinsend öffnete Peter das Tor, damit sie beide
eintreten konnten. Umgehend verschloss er es
wieder. Bevor sich Nina und er in die Unterwelt

hinabließen, prüfte Peter, ob der Deckel mit einer neuen Sprengfalle ausgestattet wurde. Doch niemand hatte sich an der Zugangsklappe zu schaffen gemacht. Wie zwei Aale schlängelten sich Nina und Peter in der Tiefe des Tunnelsystems. Völlige Dunkelheit empfing sie. Sofort schalteten sie ihre starken Handscheinwerfer ein und blickten sich um. Peters Augen gewöhnten sich schnell an das Scheinwerferlicht. Leise flüsterte er Nina zu:

*„Wir gehen diesmal in die andere Richtung. Schauen wir mal, was uns dort erwartet. Wir bilden wieder kleine Steinhäufchen, damit wir später zurückfinden."*

Nina nickte zustimmend und lief los.

Auch wenn es hier unter Tage erheblich kühler war als draußen in der Wüste, stand die Luft. Nach etwa dreißig Minuten beschlossen, sie eine Pause einzulegen. Ohne Hast liefen sie auf eine Weggabelung zu. Bevor sie in den Weg nach links einschlugen, baute Nina wieder ein kleines Steinhäufchen. Plötzlich erreichten sie eine ziemlich große Kammer, in der sicher dreißig Menschen bequem Platz fanden. Peter leuchtete die Räumlichkeit genau ab. Durch zwei Griffdurchlässe und zwei Sehschlitze fiel grelles Licht in den sonst dunklen Raum.

*„Dort ist eine Doppeltüre aus Stahl, siehst du sie?"*

*„Ja, da vorn. Wie es scheint lassen sich die Türen nach rechts und links aufschieben. Man könnte glauben, dieser Raum wäre angelegt worden, um mit Stoßtrupps von hier aus hinter die feindlichen Linien zu gelangen."*

*„So sehe ich das auch."*

Peter trat an den rechten Torflügel und blinzelte durch den Sehschlitz.

*„Von hier aus hat man einen hervorragenden Blick ins Tal. Irgendwo dort unten muss das Lager der Terroristen sein."*

Nina schaute durch den anderen Sehschlitz.

*„Es könnte dort rechts gut getarnt auf drei Uhr liegen, Peter."*

*„Ja, das sind eindeutig Wüstenzelte, die allerdings professionell getarnt wurden."*

*„Wolltest du dir das Lager ansehen, Peter?"*

*„Gott bewahre, nein. Wir beide ohne Unterstützung werden da ganz sicher aufgerieben."*

Peter hielt plötzlich inne. Er drehte sich um und lief zum Eingang des Raumes. Irgendetwas war da draußen. Per Handzeichen signalisierte er Nina ihre Handlampe zu löschen. Peter flüsterte Nina zu:

*„Hörst du das auch?"*

Weiter ins Schwarz der Dunkelheit horchend nickte sie zustimmend. Peter zog, ohne ein Geräusch zu machen, seine MP aus dem Rucksack. Durchgeladen war sie bereits. Nur den Sicherungsstift schob er lautlos in die Stellung Dauerfeuer. Das Geräusch nahm an Intensität zu. Eindeutig knirschten da Stiefel mit Gummisohle auf losem, kiesähnlichem Untergrund. Wie versteinert standen Nina und Peter da, ohne auch nur im Geringsten etwas ausmachen zu können. Peter griff an die Okulare seines Nachtsichtgerätes und klappte sie herunter. Ein beinah kaum wahrzunehmendes Klickgeräusch aktivierte die Infraroteinheit vor seinen Augen. Plötzlich verstummten die Laufgeräusche. Eine quälende Stille lag mit einmal über ihnen. Um etwas sehen zu können, musste Peter jedoch den Raum verlassen. Was ihn dabei störte war, dass wenn er auch nur eine falsche Bewegung machte und sich falsch positionierte, dies glatt sein Ende sein konnte. Nina hatte ebenfalls ihre Mini-MP aus dem Rucksack gezogen und in Anschlag gebracht. Um der Situation Herr zu werden, entschloss sich Peter mit einem gezielten Sprung durch den Türdurchlass in den Gang zu gelangen. Er verständigte sich kurz per Handzeichen mit Nina, die ihm mit ihrem gehobenen rechten Daumen signalisierte, dass sie verstanden hatte. Peter bereitete sich gerade auf seinen Sprung vor, als der Strahl einer Taschenlampe in ihren Raum hineinleuchtete. Mit einem gewaltigen Satz schoss Peter in die Höhe. Er griff nach dem Arm, der die Taschenlampe führte, in der Hoffnung diesen auch zu erwischen. Peter hatte Erfolg. Ein eher schmächtiger Arm kam zum Vorschein. Während er kräftig zupackte, kam auch der Körper des Armbesitzers zum Vorschein, auf den sich Nina sofort stürzte. Ein heftiger Schmerzensschrei war die Folge. Doch als sie den Lichtkegel ihrer Lampe ins Gesicht ihres Gegners lenkte, sahen sie, dass ein junges Mädchen vor ihnen auf dem Boden lag. Nina untersuchte den knabenhaften Körper des Mädchens nach Sprengmitteln. Doch sie schien sauber zu sein. Eine furchtbare Angst lag auf ihren Gesichtszügen. Nina lockerte ein wenig ihren Griff. Die junge Frau entspannte sich etwas.

*„Wer bist du und was machst du hier?"*
Peter sprach leise, aber doch bestimmt, ohne das Mädchen einschüchtern zu wollen. Anfangs zog sie immer wieder ihre Schultern nach oben, um zu signalisieren, dass sie ihn nicht verstand. Doch Dank der angewandten Konversationstaktik von Nina und Peter brach die junge Frau schon sehr bald ihr Schweigen.

## 24

*„Also, wer bist du und was hast du hier zu tun?"*
*„Mein Name ist Leyla."*

*„Dann hätten wir das ja schon mal geklärt. Was machst du hier unten?"*

Die junge Frau, die höchstens gerade mal achtzehn oder neunzehn Jahre alt zu sein schien senkte ihren Blick. Ihre schulterlangen, tiefschwarzen Locken bedeckten vollends ihre Gesichtszüge.

*„Leyla, wenn wir dich der Militärpolizei des Stützpunktes übergeben, wird dein Leben keinesfalls leichter werden. Wenn du jedoch mit uns zusammenarbeitest, werden wir alles tun, um dich vor Repressalien zu schützen. Hast du mich verstanden?"*

Leyla nickte und warf ihren Kopf zurück. Peter hatte sofort bemerkt, dass sie ein wirklich hübsches Mädchen war. Doch tat dies hier keineswegs zur Sache. Im Gegenteil, wenn sie den falschen Leuten auf dem Stützpunkt in die Finger fiel, würde sie mit Sicherheit missbraucht und später getötet werden. Das junge Mädchen schien Peters Gedanken zu erahnen.

*„Ich erzähle Ihnen alles. Können Sie mich bitte loslassen? Ihr Griff ist sehr fest und schmerzt sehr."*

Peter wunderte sich ein wenig ob der gewählten Wortwahl ihrer Gefangenen. Das Mädchen war ganz sicher kein Eigengewächs der Terroristen. Behutsam ließen Nina und Peter sie los. Leyla machte keine Anstalten weglaufen zu wollen. Peter nahm seine Wasserflasche und reichte sie dem Mädchen. Hastig trank sie die Flasche halb leer.

*„Erzähl uns deine Geschichte, Leyla. Und lüg uns nicht an. Wir merken das sofort."*

Nina und Peter richteten ihre Taschenlampen so ein, dass sie genügend Licht spendeten.

Sogleich begann die junge Frau in ausgesprochen gutem Englisch zu reden.

*„Vor etwa sechs Monaten, wir saßen gerade beim Abendbrot, stürmte ein Trupp IS Krieger in unser Haus. Weil wir Christen sind, beschimpften sie uns als Ungläubige. Sie griffen sich meine beiden kleinen Brüder, rissen ihnen die Hosen herunter und schnitten ihnen die Vorhäute ab, damit sie jetzt Muslime werden könnten. Vater ist der Chefarzt der Klinik im nächsten Ort. Sie zwangen ihn, einige ihrer verwundeten Krieger medizinisch zu versorgen, während Mama, meine Schwester und ich mehrfach vergewaltigt wurden. Meine Schwester hat diese Tortur nicht überlebt. Meine Mutter und meine Brüder konnte mein Vater noch gerade so vor dem Verbluten retten. Mich nahmen die Terroristen mit und verschleppten mich in ihr Lager. Sie sperrten mich in einen Holzverschlag und bedienten sich an mir, wie es gerade gefiel. Eines Morgens brachten sie mich ins Zelt ihres Anführers. Neben vielen Wachen und dem Chef der Einheit befand sich auch ein englischer Mann unter den*

*Anwesenden. Der Anführer schlug mich mehrfach. Laut brüllte er auf mich ein. Ich sollte als Dienst für alle Muslime die britischen Kampfjets sabotieren. Wenn ich mich weigere, würde mir das Gleiche passieren wie einem anderen Mädchen, das sich jeglicher Zusammenarbeit verweigerte. Ein Mann zog einen Vorhang beiseite. Erst glaubte ich, es handele sich um einen Fake. Ein Mädchen in meinem Alter, das mit mir die gleiche Schule besuchte, hockte gepfählt auf einem Stuhl. An ihren langsamen Bewegungen konnte ich erkennen, dass sie noch lebte. Plötzlich trat ein Kämpfer hinter sie und schnitt ihr mit einer Machete den Kopf ab. Eine große Blutfontäne schoss aus ihrem Hals. Ich musste mich sogleich übergeben und wurde ohnmächtig."*

*„Als ich mich wieder erholt hatte, zeigte mir der Engländer Fotos von der Unterseite der Kampfjets. Er beschrieb mir genau, was ich machen musste, damit die Maschinen nicht mehr wirklich in die Kämpfe eingreifen und schnell abgeschossen werden konnten. Aus Angst um mein Leben und das meiner Familie willigte ich ein. Von da an schickten sie mich immer wieder durch die unterirdischen Gänge zu den Flugzeugbunkern, damit ich die Jets sabotieren sollte. Heute soll ich in Bunker drei und*

*vier Kabelleitungen an den Jets anritzen, damit sie nach dem Start abreißen. Hier, sehen sie selbst."*

Peter nahm sich die von Leyla ausgehändigten Zeichnungen. Es handelte sich um Kopien von Explosionszeichnungen, wie sie den Wartungsteams zur Verfügung standen, um Reparaturen an den Tornados durchführen zu können.

*„Das sind Leitungen, die die Elektronik der Leitwerke mit Steuerinformationen versorgen. Wenn diese in der Luft abreißen, stürzt der Jet unweigerlich ab",* erklärte Nina die Funktion der Kabelstränge, die das junge Mädchen sabotieren sollte.

*„Kannst du uns den englischen Mann beschreiben, Leyla?"*

Verängstigt nickte die junge Frau und griff nach der Zeichnung. Sie drehte das Papier um und begann zu zeichnen. Bereits nach wenigen Minuten erkannte Nina selbst im diffusen Licht der Taschenlampe das Gesicht des Briten.

*„Das ist Oberleutnant Banks, Peter. Sieh dir das Gesicht genau an."*

*„Ja in der Tat. Sehr gute Arbeit, Leyla. Wir können dir sicher helfen deine Familie zu befreien. Dafür musst du aber auch uns helfen. Wenn du wieder Aufträge bekommst die Jets zu manipulieren, gehst du hier in diesen Raum und legst 3 Steine*

*übereinander. Schreib mit einem Messer oder einem Stück Holz die Nummer des Bunkers in den Boden in dem du tätig werden sollst. Bleib solange hier wie deine Arbeiten andauern sollen und dann verlässt du die Tunnelanlage und meldest den Terroristen Vollzug. Alles Weitere erledigen wir."*
Leyla strahlte.

*„Seid ihr beiden wirklich ehrliche Menschen?"*

*„Ja, Leyla, wir werden dir helfen. Verlass dich einfach darauf. Zeig uns noch kurz auf, wo sich das Lager der Terroristen befindet. Alles, was dann erforderlich wird, erledigen Nina und ich."*

*„Danke, vielen Dank. Wenn ihr mir und meiner Familie wirklich helft, werde ich euch ewig dankbar sein."*

Die junge Frau winkte noch kurz und schon war sie in der Schwärze der Tunnelanlage verschwunden.

*„Diese Terroristen schrecken wirklich vor nichts zurück. Das Lager machen wir, wenn unsere Mission erledigt ist, noch dem Erdboden gleich. Entweder nehmen wir die Frauen und Männer gefangen oder sie müssen alle sterben."*

*„Du hast Recht, Peter. Wir müssen leider die gleichen Regeln anwenden wie es unsere Gegner auch tun. Aber wie schnappen wir uns Banks? Unter den zu sabotierenden Jets befindet sich auch unser Tornado."*

„Ich habe es gesehen, Peter. Aber wie gehen wir jetzt weiter vor?"

„Mit Banks müssen wir sehr sorgfältig umgehen, sonst wittert er den Braten und wird Leyla umbringen lassen."

„Was auf keinen Fall passieren darf."

„Wir werden offiziell unseren Jet im Beisein von Banks inspizieren und ganz sicher die Mängel feststellen. Dabei versuche ich, ihn in die Enge zu treiben."

„Und wie willst du das machen?"

„Ich möchte von ihm wissen, wie wohl die Saboteure an die Maschinen herankommen, wenn diese doch rund um die Uhr bewacht werden. Irgendwann werden ihm die Argumente ausgehen und er wird in irgendeiner Form reagieren."

„Warten wir es ab."

Lautlos verließen Nina und Peter die Tunnelanlage über den Schacht der zu ihrem Kampfjet führte.

„Jetzt schneidest du bitte die Kabelverbindungen durch. Danach rufen wir Oberleutnant Banks hierher, der uns dann den Vorfall erklären soll."

„Ok, wenn du es für richtig hältst. Ein neuer Kabelsatz kostet sicher zehntausend Pfund."

„Pekuniärer Kollateralschaden, Nina, da müssen die Steuerzahler jetzt durch. So ein Tornado ist im

*Verhältnis schon erheblich teurer. Von den beiden Piloten ganz zu schweigen."*

*„Für wahr, mein großer Stratege."*

Schweren Herzens durchtrennte Nina die Panzerschläuche mit den empfindlichen Leitungen darin. Peter schaute ihr dabei grinsend zu.

*„Fertig, Peter."*

*„Ok, jetzt rufen wir Banks an und konfrontieren ihn mit der Sabotage."*

## 25

Oberleutnant Banks fuhr mit seinem Geländewagen vor. Er trug vorschriftsmäßig gekleidet Helm, Splitterweste und Dienstwaffe. Was Peter besonders störte, war die Zeit, die sich Banks ließ, bis er endlich im Bunker eintraf. Lässig grüßte er den ranghöheren Offizier, den Peter nun einmal darstellte.

*„Was gibt es so Dringendes, Sir, dass Sie mich aus einer Dienstbesprechung holen lassen, die der Steigerung unser aller Sicherheit dient?"*

*„Das ist sehr schnell erklärt, Banks. Meine Maschine wurde, obwohl sie rund um die Uhr von zwei Soldaten bewacht wird, sabotiert. Hier, sehen Sie selbst."*

Der Oberleutnant bückte sich unter den Jetrumpf und nahm den Sabotageakt unter die Lupe.

„Nun, Sir, dort sind die Kabelstränge, die die Steuerung des Leitwerks der Maschine mit Informationen versorgen, verlegt. Kein billiger Spaß."

„Billiger Spaß, Banks? Sie machen wohl Witze! Wenn ich mit der Maschine so zum Einsatz fliege, bin ich schneller ungelenkt wieder unten, als ich Zeit benötige in den Himmel aufzusteigen. Ich erwarte eine Erklärung, Mister Banks!"

„Ich habe aber keine, Mister McCord. Holen Sie besser den Wachoffizier Leutnant Kingsley her. Der ist für die Sicherheit hier zuständig."

„Das werden wir jetzt machen. Aber Sie bleiben ebenfalls hier. Schließlich haben Sie einen Schlüssel für die Bunker."

„Verdächtigen Sie jetzt etwa mich, Ihre Maschine manipuliert zu haben?"

„Verdächtig ist jeder, der an die Tornados herankommt, Mister Banks, und Sie gehören nun einmal zur ersten Garde, weil Sie sich im Besitz eines Schlüssels zu den Bunkern befinden."

„Eine ziemlich dreiste Unterstellung, Sir."

„Finde ich keinesfalls. Wir werden jetzt Schritt für Schritt im Ausschlussverfahren ermitteln, wer für die Sabotage verantwortlich ist. Da kommt auch schon Leutnant Kingsley."

Auch Major Stanton, den Nina herbeigebeten hatte, näherte sich dem Splitterbunker.

*„Morgen, Leutnant Brennan, morgen, die Herren. Was gibt es?"*

Noch bevor sich Oberleutnant Banks äußern konnte ergriff Peter das Wort und zeigte dem Geschwader-Chef die neuerliche Sabotage.

*„Nun, Sir, wir müssen davon ausgehen, dass der oder die Täter zum Team der Airbase gehören."*

*„Das wäre eine echte Katastrophe, wenn ein Mitglied meiner Soldatencrew seine eigenen Kameraden verrät und sogar tötet. Sie haben von meiner Seite freie Hand und erhalten jede Unterstützung, um den Fall aufzuklären."*

*„Danke, Sir. Wir beginnen dann gleich mit der Spurensuche. Ich hätte Sie gern noch einen Moment gesprochen, Sir."*

*„Ja, selbstverständlich. In meinem Büro?"*

*„Besser nicht."*

*„Ok. Die anderen Soldaten können dann wegtreten."*

Peter nahm Major Stanton beiseite und führte ihn in einen Bereich der Base, der nicht abgehört werden konnte.

*„Ich vermute, Sie haben bereits einen Verdacht, Mister McCord, wenn Sie mit mir so vertraulich reden möchten."*

„Nicht nur das, Sir. Wir kennen bereits den Judas in unseren Reihen. Nur seine Motive sind uns noch nicht klar. Doch daran arbeiten wir bereits mit Hochdruck. Ich weiß ja, dass Sie das Geschwader wieder einsetzen müssen, was aber nur möglich ist, wenn wir erneute Sabotage ausschließen können."

„Sie verblüffen mich immer wieder, Mr. McCord. Sie sind nicht umsonst die Nummer eins des MI6."

„Danke Sir, aber Misses Brennan hat erheblichen Anteil am Erfolg dieses Unternehmens. Außerdem hat sie mir im Lager der Terroristen das Leben gerettet."

„Was haben Sie denn jetzt konkret vor?"

Stanton ging nicht weiter auf Peters Hinweis zu den Leistungen von Nina Brennan ein. Frauen als Soldatinnen schien er wohl nichts zuzutrauen.


„Wir setzten zunächst den Zuarbeiter der Terroristen erheblich unter Druck. Wir wissen aber auch, dass er nur der Informationsgeber ist. Ausgeführt werden die Anschläge von Geiseln des IS."

„Wer ist der Saboteur, McCord, der unsere Kameraden in den Tod geschickt hat?"

Die Wut darüber, dass einer seiner Leute hinter den Sabotageakten stand, war dem Geschwader Kommodore deutlich anzumerken.

„Dazu möchte ich Ihnen im Moment noch nichts sagen. Das hat nichts damit zu tun, dass ich Ihnen eventuell misstraue, Sir. Ich möchte nur erst alle meine Untersuchungen abschließen. Da gibt es aber noch etwas, das ich mit Ihnen besprechen möchte."

„Nur zu, Mister McCord. Was haben Sie auf dem Herzen?"

„Uns liegen Informationen vor, dass etwa zehn Kilometer von der Base entfernt ein sehr großes Camp der Terroristen teils überirdisch, teil unterirdisch angelegt wurde. Von dort aus erfolgen die Sabotageakte auf unsere Maschinen durch ein unterirdisches Tunnelsystem. Ich möchte dieses mit Hilfe der amerikanischen Panzerbrigade vernichten, damit wir hier wieder Ruhe finden."

„Mit den Amis? Aber wir haben hier doch auch eine Einheit von Navy Seals. Die machen das doch auch locker."

„Ganz sicher, Sir. Aber wir müssen damit rechnen, dass eine geplante Aktion unserer Spezialeinheit verraten wird und unsere Jungs in eine Falle gelockt werden."

„Damit könnten Sie allerdings Recht haben, McCord. Genial, Ihre Gedankengänge. Machen Sie es, wie Sie es für richtig halten. Meinen Segen haben Sie. Hauptsache, wir gefährden nicht unnötig das Leben unserer Jungs."

*„Ok, Sir, dann übernehmen Leutnant Brennan und ich die Planung. Wir halten Sie auf dem Laufenden."*

Der Geschwaderführer ging langsam zurück zu seinem Büro. Ihm stand ins Gesicht geschrieben, wie enttäuscht er war, dass ein Soldat unter seinem Kommando sich als Terrorist verdingte und die eigenen Kameraden in den Tod trieb.

## 26

Unauffällig verließen Nina und Peter den Flugzeugbunker. Sorgsam verschlossen sie das Tor.
*„Mir knurrt der Magen, Peter. Wollen wir etwas essen gehen?"*
*„Ja, machen wir. Ich will vorher nur General Grey anrufen."*
*„OK, dann geh ich kurz auf meine Bude. Holst du mich ab, wenn du zum Essen gehst?"*
*„In Ordnung, bis gleich."*

Peter schlenderte derweil zwischen den Flugzeugbunkern entlang, bis man ihn weder beobachten noch akustisch ausmachen konnte. Sofort wählte er die geheime Handynummer des Generals.

„Grey, hallo, Peter, du hast schon wieder Sehnsucht nach mir und meinen Panzern, stimmt`s? Was kann ich für Sie tun?"

„Hallo, General. Ich möchte, dass Sie hier in der Gegend ein wenig mit Ihren Panzern spielen und für Ordnung sorgen. Können wir unter vier Augen darüber reden?"

„Nichts lieber als das, Peter. Ich schicke Ihnen ein Taxi. In gut einer halben Stunde ist eine Bell bei Ihnen."

„Danke, Sir. Bis später."

Peter lief zu den Unterkünften und klopfte an Ninas Türe. Weil er mit der Art der Flugmanöver der amerikanischen Hubschrauberpiloten bestens vertraut war, verzichtete er auf die Einnahme eines Mittagessens und verabschiedete sich von ihr. Er ging in seine Stube, wechselte sein Hemd und schüttete gierig mit großen Schlucken eine ganze Flasche Mineralwasser in sich hinein. Mit einem nicht gerade stubenreinen Geräusch, für das er sich bei seiner Mutter einen Rüffel eingefangen hätte, ließ er die Kohlensäure aus seinem Magen entweichen. Peter warf sich auf sein Bett und döste ein wenig vor sich hin, bis er die flappenden Geräusche eines Hubschraubers, der zur Landung ansetzte, vernahm. Sofort sprang er aus dem Bett. Er steckte seine Waffe ein, streifte sich seine

Splitterweste über und setzte seinen Helm auf. Dann verließ er seine Stube und eilte zum Hubschrauberlandeplatz.

*„Hallo, Commander, Ihr Taxi ist da. Der Chef sagte, wir sollen die Uhr auslassen."*
*„Hallo, Jungs, ja, er hat Recht. Ist eine Sondertour ohne Deckel."*
Peter war noch nicht ganz auf seinem Sitz angeschnallt, als die Bell bereits in den Himmel schoss. Wie es schien hatten es die Jungs ziemlich eilig nach Hause zu kommen.

General Grey thronte förmlich hinter seinem Schreibtisch, als Peter sein Büro betrat. Als er Peter sah, den er liebend gern als Schwiegersohn in seine Familie eingeführt hätte, sprang er sofort auf und ging auf ihn zu.

*„Hallo, Peter, schön, Sie wieder in einem Stück zu sehen. Wie geht es Leutnant Brennan?"*
*„Hallo, General, gut soweit. Sie ist sehr ehrgeizig und fleißig. Aus ihr wird sicher bald eine TOP-Agentin."*
Der General war wieder ins Du verfallen, was Peter jedoch keineswegs störte.

*„Dann wirst du bald arbeitslos, mein Junge, und kannst bei mir anheuern. Ich freue mich schon drauf."*

Der General lachte laut und kehlig auf.

*„Hast du schon gegessen, Peter? Wir haben gestern eine Lieferung beste amerikanische T-Bone-Steaks erhalten. Folienkartoffel mit Sauerrahm und einen knackigen Salat dazu und fertig ist das Festmahl. Wie sieht es aus? Komm, geht auf meine Rechnung, Junge."*

*„Wenn das so ist. Überredet, Sir, ich komme mit."*

Der General speiste nicht wie die meisten hohen Offiziere in einem separaten Raum, getrennt von den Mannschaften und Unteroffizieren. Grey liebte es mitten im Geschehen zu stehen. Er trat mit Peter an die Essenausgabe und bestellte zwei Portionen. Weil die beiden Männer etwas zu besprechen hatten, suchten sie sich einen ruhigen Tisch in einer der Nischen aus. Peter plagte bei der Größe der Portion die Sorge, dass der Hubschrauber später nicht mehr abhob, weil er zu schwer geworden war. Der General amüsierte sich königlich über Peters Bedenken. Peter schaffte seine Portion ohnehin nur halb.

*„Machen Sie sich keinen Kopf, Peter, wir haben hier eine Menge Sprengstoffspürhunde, die sich über eine solche Königsmahlzeit besonders freuen."*

Peter erhob sich und holte zwei Becher Kaffee.

*„Und jetzt Butter bei die Fische, Peter: Wo brennt es bei euch?"*

Peter stellte General Grey seine Beweggründe wie auch seinen Plan vor.

*„Das ist kein Problem, Peter. Wir fahren bis zu eurer Base gute zwei Stunden bei normaler Fahrgeschwindigkeit. Ich nehme 40 Marines in Hubschraubern mit, die die Sicherung der Panzer übernehmen und hinterher aufräumen müssen. Schick mir eine Kurznachricht, wenn es losgehen soll. Wir setzen dann den Tross in Bewegung und sind gute zwei Stunden später in Schussweite des Terroristenlagers. Wenn du grünes Licht gibst, beginnen wir mit dem Fernbeschuss. Unsere Jungs werden sich derweil aus den Hubschraubern abseilen und sofort in die Aktion eingreifen. Schick mir deine ermittelten Koordinaten, damit wir nicht danebenschießen. Melde dich bei mir, egal zu welcher Zeit. Das wird eine tolle Übung unter Einsatzbedingungen."*

Die beiden Männer plauderten noch ein wenig über Gott und die Welt, bis Peter beschloss, wieder aufzubrechen. Grey begleitete Peter noch zum Hubschrauber und schwor die Crew darauf ein, gesittet zu fliegen. Wenig später hob die Bell ab. Doch der Rückflug gestaltete sich nicht so entspannt wie Peters Anreise. Auf der rechten wie auch auf der linken Seite standen die beiden Schiebetüren weit auf. Die dort jeweils postierten Soldaten fixierten optisch jede Bewegung unter ihnen und ließen die Doppelläufe ihrer schweren MGs über das Gelände streifen.

*„Wir haben eine Feindwarnung erhalten, Sir, weshalb wir besonders vorsichtig sind."*

Plötzlich bellten die beiden Maschinengewehre auf der linken Seite los. Wie ein goldener Springbrunnen hüpften die leeren Messinghülsen aus den Verschlüssen heraus und verteilten sich über dem Boden der Kabine. Der Pilot zog die Bell hoch und versuchte so, dem feindlichen MG-Feuer zu entgehen. Aber der Bordschütze verstand sein tödliches Handwerk. Schon sehr bald zerplatzte im Unterholz ein alter Pritschenwagen, auf dessen Ladefläche ein Flugabwehrgeschütz montiert war. Wie es schien hatte der Bordschütze genau die Munitionsvorräte des Feindes erwischt und zur Explosion gebracht. Zwanzig Minuten später setzte die Bell ohne weitere Zwischenfälle auf dem Hubschrauberlandeplatz des Royal Airforce auf. Peter bedankte sich bei dem Piloten für den Taxidienst und sprang aus dem Helikopter. Rasch überwand er die Freifläche. Sein nächster Weg führte ihn zu Major Stanton, der sich freute, Peter zu sehen und sofort neugierig zu fragen begann.

„Ich habe alles mit General Grey abgeklärt. Gleich werde ich unsere Vorgehensweise mit Leutnant Brennan besprechen, damit wir auch hier alles planen können. Einen Fehler dürfen wir uns keineswegs erlauben."

„Gott bewahre, nein. Wenn wir etwas falsch machen, sprengen uns die Terroristen einfach unsere Maschinen unterm Hintern weg."

„Das sehe ich genauso, Sir. Und halten Sie bitte strikte Geheimhaltung ein."

„Selbstverständlich. Eines noch, McCord. Bitte verraten Sie mir den Namen des Saboteurs, damit ich mich richtig verhalte."

„Ok, Major, Oberleutnant Banks ist der Saboteur und Mittelsmann, der mit den Terroristen paktiert. Ich verstehe allerdings nicht, warum er das macht. Ich hoffe es zu erfahren, wenn wir ihn diesbezüglich verhören können."

„Sie leisten wirklich sehr gute Arbeit, McCord. Halten Sie mich bitte über den Stand Ihrer Aktionen auf dem Laufenden."

„Geht klar, Sir. Ich melde mich bei Ihnen."

## 27

Während Peter zwischen den Splitterhügeln zu seiner Unterkunft ging, spielte er in seinem Kopf bereits mehrere Szenarien durch, wie er die Geiseln aus den Händen der Terroristen befreien und gleichzeitig die Airbase vor deren Sabotageakten sichern konnte. Er beschloss, kurz bei Nina vorbei zu schauen, um sich anschließend ein wenig frisch zu machen. Angenehme Kühle schlug ihm entgegen, als er die klimatisierte Baracke der Offiziersunterkunft betrat. Zehn Stuben auf jeder Seite boten den Piloten sowie den Stabsoffizieren eine annehmbare Unterkunft. Peter lief gleich auf die Türe mit der Nummer sieben zu und klopfte an. Doch sein Klopfen war kaum zu vernehmen. Dafür schob sich geräuschlos die Türe zur Unterkunft Nummer sieben einen Spalt auf. Hier stimmte etwas nicht. Das wurde Peter sofort klar. Er zog seine Waffe aus dem Gürtelholster und schob mit dem rechten Fuß die Türe ganz auf. Da die Deckenlampe brannte, hatte er freie Sicht. Ninas Bett wurde offensichtlich benutzt. Doch von der britischen Agentin fehlte jede Spur. Lediglich der scharfe Geruch einer alkoholischen Substanz waberte durch die klimatisierte Luft. Ninas Waffe, ihre Splitterweste sowie ihr Helm lagen fein säuberlich ausgebreitet auf dem Alarmstuhl neben dem Bett. Der Angreifer, und das war zweifelsfrei Oberleutnant Banks, musste Nina völlig überrascht haben, sonst hätte er sie ganz sicher nicht kampflos überrumpeln können. Doch wohin brachte er sie, nachdem er Nina mit Äther sediert hatte? Hatte Oberleutnant Banks die Entführung überhaupt selbst durchgeführt oder hatte er Helfer? Peter schob seine Waffe zurück in den Holster. Hier konnte er jetzt nichts mehr ausrichten. Er musste Banks finden und genau das hatte er jetzt vor. Vorsichtig zog er Ninas Stubentüre wieder zu. Peter dachte kurz darüber nach, Major Stanton zu informieren, doch was würde das bringen. Stanton war ein typischer Kommisskopp, der nur seine Richtlinien und die Dienstvorschriften kannte. Er beschloss, jetzt ganz gezielt vorzugehen und verließ die Offiziersunterkunft in Richtung Büro von Oberleutnant Banks.

Die beiden Mannschaftsdienstgrade und ein weiblicher Unteroffizier saßen hinter ihren Schreibtischen. Nach den hell leuchteten Bildschirmen zu urteilen schienen die drei Soldaten emsig zu arbeiten. Die Unteroffizierin erkannte Peter zuerst und sprang sofort auf.

*„Hallo, Commander, Unteroffizier Brixen mit zwei Soldaten bei der Bestellung von Flugzeug-ersatzteilen."*

*„Hallo, Misses Brixen, Sie brauchen bei mir keine Meldung zu machen. Ich bin nicht in der Funktion als Soldat hier. Also lassen Sie sich bitte nicht von*

*mir bei der Arbeit stören. Aber verraten Sie mir bitte, wo ich Oberleutnant Banks finden kann?"*

*„Oberleutnant Banks hat sich sechs Tage Urlaub genommen."*

*„Und wo möchte er seine freien Tage verbringen? Ich muss ihn nämlich dringend sprechen?"*

*„Ich glaube, er wollte nach Bagdad. Der Anlass war wohl der Geburtstag seiner Freundin."*

*„Ah ja, und wie lange ist er schon weg?"*

*„Er hat sich um 12:00 Uhr beim Offizier vom Dienst abgemeldet."*

*„Danke für die Auskunft. Vielleicht finde ich ihn ja noch in seiner Unterkunft. Haben Sie die Nummer seiner Stube?"*

*„Ja, versuchen Sie es, Commander. Er wohnt in Nummer 21, drei Baracken weiter rechts neben der Ihren. Aber ich glaube, er hatte es sehr eilig."*

*„Danke nochmal und ruhigen Dienst."*


Peter hatte es jetzt auf einmal auch sehr eilig. Er rannte zu der ihm benannten Unterkunftsbaracke und suchte gleich die Nummer 21. Peter machte sich nicht die Mühe anzuklopfen, sondern trat sofort die Türe ein. Mit knirschenden Geräuschen fiel das Türblatt aus den Scharnieren. Peter stürmte in die offensichtlich in großer Eile verlassene Stube. Sogleich nahm er den beißenden Gestank des Äthers wahr. Kein Zweifel, Banks hatte Nina entführt und das bedeutete ganz sicher nichts Gutes. Peter rannte aus der Offiziersbaracke und direkt zum Büro von Major Stanton, dem er in wenigen Worten die Sachlage erläuterte.

„Ich höre bei der Wache nach, ob Banks die Base über unsere einzige Zufahrt verlassen hat."

„Ja, das ist eine gute Idee. Ich vermute, Banks ist durch das Tunnelsystem abgehauen. Jetzt muss ich nur noch den Zugang finden, durch den er verschwunden ist."

„Major Stanton hier. Hat Oberleutnant Banks die Base verlassen?"

„Nein, Sir."

„Ok, Smith, wenn er sich bei Ihnen blicken lässt, nehmen Sie ihn augenblicklich fest. Das ist ein Befehl, Smith."

„Jawohl, Sir."

„Er wird durch den Bunkerzugang verschwunden sein, der am nächsten zu Leutnant Brennans Stube liegt, Sir, und das ist die Sechs. Ich kümmere mich darum."

„Soll ich Ihnen nicht besser ein paar Jungs von der Militärpolizei mitgeben?"

„Nein, lassen Sie mal gut sein, Sir. Ich versuche, den Fall alleine zu lösen. Wenn ich Hilfe benötige, melde ich mich sofort bei Ihnen. Bis später, Sir."

Peter rannte zu seiner Unterkunft. Dort holte er sich seinen kleinen Rucksack und den Universalschlüssel für die Bunkerhangars. Die Strecke von der Unterkunft aus bis zum Hangar legte Peter im Laufschritt zurück. Den Griff nach dem Schlüssel hätte er sich sparen können. Die Tür zum Hangarbunker war nur angelehnt. Auch der Verschlussdeckel zum Tunnelsystem unterhalb des Jetrumpfes stand offen. Vorsichtig prüfte Peter, ob Oberleutnant Banks noch eine Sprengfalle installiert hatte. Doch dem war nicht so.

Peter rutschte mehr die Leiter herunter, als das er in die Dunkelheit der Tunnelanlage hinab kletterte. Bevor er die große Taschenlampe einschaltete, lauschte er in die Schwärze der Gänge. Doch er vernahm keinen Laut. Sollte Banks mit Nina als Geisel die Anlage bereits verlassen haben? Um sich nicht zu verirren, zog Peter seine selbst gezeichnete Handskizze aus seiner Hosentasche, die ihm den Weg zum Ausgang kurz vor dem Terroristenlager weisen musste. Trotz seiner Akribie, mit der er die Skizze angefertigt hatte, verlief er sich zweimal. Als er schon Sorge hatte, den Weg noch einmal von vorn beginnen zu müssen, fand er eines der von Nina aufgebauten Steintürmchen. Er befand sich doch auf dem richtigen Weg. Noch während er sich kurz orientierte, vernahm ein leises Wimmern.

Sofort schaltete er seine große Lampe aus, um nicht gleich als Zielscheibe erkannt zu werden. Mit der winzigen Stab-Maglight tastete sich Peter voran. Er befand sich auf dem richtigen Weg. Die wimmernden Laute nahmen an Intensität zu. Eine Weggabelung tauchte vor ihm auf. Rechts oder links herum war nun die Frage. Peter horchte in die Dunkelheit hinein. Geräusche, die wie Schläge auf nackte Haut klangen, drangen an seine Ohren. Cool bleiben, Junge, flüsterte er in sich hinein. Er beschloss, sich nach rechts zu orientieren. Plötzlich erblickte er ein helles Licht, das ein wenig flackerte, so wie es Gasflämmchen gern machten, wenn von irgendwoher ein Luftzug auf sie einwirkte. Ohne ein Geräusch zu erzeugen entnahm Peter seinem Rucksack zwei volle Magazine für seine Maschinenpistole, die er bereits im Anschlag hielt. Sicher war eben sicher. Es war durchaus möglich, dass Oberleutnant Banks sich Verstärkung gerufen hatte und hier unten nicht mehr allein operierte. Mit der kleinen Lampe sondierte Peter den Boden. Doch wie es schien gab es keine Drahtschlingen oder Fäden, die mit einer Sprengfalle verbunden waren. Je näher er dem Licht entgegenlief, desto mehr erkannte er, dass sich etwa fünfzig Meter rechts von ihm entfernt ein Durchgang in einen Raum befand, aus dem auch die Wimmergeräusche zu vernehmen waren. Mit der Waffe im Anschlag lief Peter dem Eingang entgegen. Längst hatte er seine kleine Stablampe ausgeschaltet. Jetzt galt es, blitzschnell die Situation zu erkennen und sofort zu handeln. Und genau um solche Situationen entsprechend einzuschätzen, war Peter speziell ausgebildet worden.

Pfeilschnell setzte Peter in seinem Kopf das, was er da sah, in Aktion um. Er erkannte Oberleutnant Banks sofort, der mit einer Reitgerte zwei mit den Köpfen von der Decke nach unten herabhängende Körper malträtierte. Peter schoss und traf Banks am Oberschenkel, der schmerzverzerrt aufschrie und sofort weghumpelte. Erst jetzt bemerkte Peter, dass der Raum mit einem zweiten Aus- beziehungsweise Eingang versehen war, durch den Banks flüchtete. Die beiden Körper gehörten Nina und Leila, die Banks an die Decke gehängt hatte und das genau über einem großen, rechteckigen Bodenausschnitt. Nina war bewusstlos, während Leyla mit angstverzerrtem Gesicht hin und her zappelte. Peter trat näher an den Rand des Bodenausschnittes heran. Jetzt sah er warum Leyla so zitterte. Der Ausschnitt war als Falle konzipiert und ursprünglich mit angesägten Holzbohlen abgedeckt und getarnt. Rasch schaute Peter in die Grube. Extrem angespitzte Holzpfähle schauten ihm wie Krallen eines Ungeheuers entgegen, die nur noch auf die hereinfallenden Opfer warteten, um sie aufzuspießen. Zuerst befreite er Leyla und legte sie vorsichtig auf den Boden, bevor er Nina ebenfalls von dem Haken abschnitt und sie mit dem Rücken gegen die Wand setzte. Dank der Gasleuchte war es wenigstens erträglich hell. Peter tätschelte Ninas Wangen, die ganz langsam wieder zu sich kam. Er packte seine Flasche Wasser aus dem Rucksack aus und gab Nina zu trinken. Ein wenig des Wassers spritzte er in Ninas Gesicht. Aus seinem First Aid Päckchen nahm er die Tube mit der Wundsalbe, um damit die Peitschenhiebe auf ihrem Rücken zu versorgen.

*„Verfolg du den Engländer, Peter. Ich versorge Ninas Rücken und passe auf sie auf. Und Peter: Danke, dass du mich gerettet hast."*

*„Habe ich gern gemacht. Ach, Leyla wo leben eigentlich deine Eltern? Wir starten noch heute mit der Vernichtung des Terroristencamps. Gleichzeitig möchte ich auch deine Familie befreien."*

Leyla traten vor Freude die Tränen in die Augen. Rasch beschrieb sie Peter den Weg zu ihrem Elternhaus und gab ihm die Anschrift.

*„OK, ich schaue mal, ob ich Banks noch irgendwo erwische."*

*„Sei vorsichtig Peter. Auf diesem Stück zum Ausgang Richtung Lager sind noch mehrere solcher Fallen in die Erde eingelassen."*

*„Guter Tipp, danke, Leyla."*

## 28

Peter rannte los. Doch von Banks war nirgends mehr etwas zu sehen. Er hatte während seiner Flucht irgendwo die Peitsche fortgeworfen, die Peter jedoch links liegen ließ. Einmal wäre Peter beinahe in eine der Fallen getreten. Im letzten Moment konnte er sich noch am Rand der Grube festhalten. Plötzlich sah er mit einmal ein Licht schimmern. Er hatte den Ausgang aus dem Tunnelsystem zum Lager erreicht, den er bereits mit Nina erkundet hatte. Vorsichtig schaute Peter sich um. Doch weder von Banks noch von anderen Terroristen war etwas zu sehen. Draußen setzte bereits die Dämmerung ein. Ein Zeichen dafür, dass es bald stockfinster werden würde. Peter zog sein Handy aus seinem Kampfanzug und gab die Geheimnummer von General Grey ein. Nach dem zweiten Klingeln nahm der General das Gespräch entgegen.

*„Hallo, Peter, wenn Sie anrufen, steht der Weltuntergang zumeist bevor. Ist dem so?"*

*„Hallo, General, so etwas in der Richtung. Operation Jericho kann beginnen. Die Trompeten von Jericho sollten morgen gegen 04:00 Uhr in der Früh erklingen und gegen drei Uhr die Bauern vor*

*Ort sein, um die bestellten Felder zu räumen. Anbei die Koordinaten. Vorsicht, überall lauert das Unheil unter der Erde."*

*„Habe verstanden, Peter. Wir sehen uns, wenn die Trompeten von Jericho das Jüngste Gericht ankündigen. Bis dann."*

Jetzt wurde es Zeit, schnell zu handeln. Peter hatte den Startknopf gedrückt. Er eilte zurück und fand Nina und Leyla nebeneinandersitzend auf der Erde. Beiden Frauen schien es jedoch gut zu gehen.

*„Bist du wieder einsatzbereit, Nina?"*

*„Ja, Peter, warum?"*

*„Weil wir jetzt die Familie von Leyla befreien und in Sicherheit bringen."*

*„Ok, dann lass uns aufbrechen."*

*„Wo steigen wir am besten aus, Leyla?"*

*„Kommt mit, ich zeige euch den nächsten Ausgang."*

*„Halt, Peter, ich habe keine Waffe. Wir müssen erst meine Ausrüstung holen."*

*„Ja, gut."*

Etwa eineinhalb Stunden später schlüpften Peter und die beiden Frauen unbemerkt aus einer Ausstiegsklappe ganz in der Nähe der Stadt. Eine dreiviertel Stunde lang waren sie in leicht gebückter Haltung durch die Tunnelwege marschiert, bis sie endlich den lang ersehnten Ausstieg erreicht hatten. Die Schwüle sowie die stickige Luft hatten ihnen sehr zugesetzt. Völlig verschwitzt setzten sie sich an den Rand der Hauptstraße. Die meisten Häuser zur rechten wie zur linken Seite waren zerstört oder zumindest stark beschädigt. Eine Trinkflasche machte die Runde, damit sie den Flüssigkeitsverlust ein wenig ausgleichen konnten. In der Schwärze der Nacht fielen sie überhaupt nicht auf.

*„Können wir dann los?"*
*„Ja, Peter, folgt mir die Straße entlang bis zur übernächsten Querstraße und von dort aus rechts in den Vorort mit den Villenhäusern. Das weiß gestrichene Haus mit den kleinen Türmchen ist unser Haus."*
*„Wie viele Terroristen befinden sich zumeist bei euch zu Hause, Leyla?"*
*„Meistens sind es vier Männer, manchmal auch zwei Männer und zwei Frauen. Die Terroristen lassen sich gern von meinem Vater behandeln, wenn er aus der Klinik zurück nach Hause kommt, weil ihnen der Weg ins Krankenhaus zu weit ist. Er betreibt eine kleine Privatpraxis in unserem Haus."*
*„Dann sind jetzt deine Mutter, dein Vater, deine beiden Brüder und vermutlich vier Terroristen im Haus?"*

*„Nehmen wir mal das Haus in Augenschein."*

Ohne Aufmerksamkeit zu erregen bewegten sie sich dem Haus von Leylas Eltern entgegen. Etwa fünfzig Meter vom Haus entfernt suchten sie Deckung. Peter zog sein Nachtglas aus dem Rucksack und sondierte die Lage.

*„Ich sage euch jetzt, was ich sehe. Das Fenster ganz rechts ist offensichtlich das Küchenfenster. Dort leuchtet die Deckenlampe. Eine ältere Frau mit zwei Jungs sitzen am Tisch."*

*„Das ist meine Mum mit meinen Brüdern. Sie essen ganz sicher zu Abend."*

*„Ich kann aber keine Terroristen in der Küche erkennen. Essen die nicht mit euch zusammen?"*

*„Nein, das dürfen sie nicht. Sie fürchten, vergiftet zu werden."*

*„In einem Raum im Keller brennt auch eine Lampe."*

*„Das ist Vaters Praxisraum."*

*„Auf der ersten Etage ganz links ist ebenfalls ein gedämpftes Licht zu sehen. Wie es scheint vergnügen sich da zwei Menschen miteinander."*

*„Diese Schweine vögeln wieder in meinem Bett. Meistens machen sie das, wenn die Mädels ihre Tage haben, damit sie keine Kinder bekommen. Dann versauen sie regelmäßig mein Bettzeug."*

*„Dann werden wir uns die beiden zuletzt schnappen. Gönnen wir ihnen noch das*

*Schäferstündchen. Hast du einen Schlüssel für die Gartentüre, Leyla?"*

*"Ja, Peter, das ist dieser hier."*

*"Ok, dann steigen wir dort ein. Los geht's."*

Peter schickte Leyla vor. Wie gewohnt öffnete sie die Türe und rief ins Haus.

*"Hi, Mum, ich bin es. Seid ihr in der Küche?"*

*"Ja, Kind, komm zu uns in die Küche. Es gibt Abendessen."*

Rasch schauten sie sich im Wohnzimmer um, ob sich hier Fremde aufhielten. Doch die Luft war rein. Auf dem Weg in die Küche begegnete ihnen ebenfalls keiner der Terroristen. Leylas Mutter und ihre Brüder machten allerdings große Augen, als sie die schwerbewaffneten Personen erblickten. Leyla klärte ihre Brüder und ihre Mutter leise auf.

*"Ein Mann und eine Frau sind unten bei Vater in der Praxis und ein weiteres Pärchen vergnügt sich mal wieder in deinem Zimmer. Du kannst die beiden im Flur hören. Sie wollen wohl neue Krieger zeugen."*

Peter und Nina nickten nur kurz zum Gruß und zeigten mit ihren Händen an, dass sie sich zuerst um das Liebespärchen in der ersten Etage kümmern wollten.

Ein wenig verängstigt nickten die beiden Jungs und ihre Mutter Peter zu. Lautlos verschwanden die beiden Agenten im Treppenhaus. Dank der Spezialsohlen ihrer Kampstiefel wurde keiner ihrer Schritte hörbar. Blitzschnell stiegen sie die Treppe hoch ins Obergeschoss. Das Zimmer von Leyla fanden sie gleich. Die Geräuschkulisse wies ihnen den Weg. Peter stellte sich rechts neben den Türrahmen, Nina links daneben. Auf drei drückte Peter den Türgriff herunter. Wie von Geisterhand geführt flog mit einmal die Türe auf. Eine schlanke Frau mit üppigen Brüsten und langen schwarzen Haaren saß, sich heftig windend, auf ihrem Partner. Dieser hatte die Gefahr, die ihnen nun drohte, als erster erkannt. Er stieß die junge Frau von seinem Körper herunter und zog eine geladene Pistole unter dem Kopfkissen hervor. Doch noch bevor er abdrücken konnte, klafften zwei Löcher in seinem Herzen. Peter hatte sofort auf den Terroristen geschossen und ihn getötet. Dank der schallgedämpften Waffe war davon jedoch nichts zu hören. Die junge Frau war derweil aufgesprungen. Sie griff nach dem schweren Kampfmesser, das tödlich glänzend auf dem Nachtschrank lag. Doch Nina hatte genau aufgepasst und alles unter Kontrolle. Mit einem kurzen Tritt gegen den linken Fuß der jungen Frau brachte Nina ihre Gegnerin zu Fall. Ein kurzer, aber heftiger Nahkampf entbrannte. Doch gegen die vom Mossad ausgebildete Nina hatte ihre Gegnerin nicht den Hauch einer Chance. Noch während die Terroristin versuchte, Nina mit dem Messer zu verletzten, griff die MI6 Agentin nach der Messerhand, drehte sie um und stach die Klinge des Kampfmessers ihrer Angreiferin mitten in die Brust. Nur Sekunden später starb die Terroristin.

Peter schaute auf seine Armbanduhr. Die Zeit bis zum Eintreffen der amerikanischen Spezialeinheiten wurde schon knapp. Bis dahin mussten sie unbedingt Leylas Eltern in Sicherheit gebracht haben. Die Soldaten der amerikanischen Special Forces machten nicht viel Federlesen, während sie nach lebenden Terroristen Ausschau hielten. Peter schaute noch einmal genau hin, ob ihre gerade erledigten Gegner wirklich das Zeitliche gesegnet hatten, bevor sie Leylas Zimmer verließen. Mit schnellen Schritten rannten Nina und Peter die Treppe in den Keller hinunter. Dank eines großen Wandspiegels, mit dem sie ins Behandlungszimmer des Hausherrn schauen konnten, sahen sie, dass eine nicht mehr ganz so junge Frau und ein kräftiger Mann den Arzt nackt auf einen Gynäkologenstuhl gefesselt hatten. Mit allen möglichen Gegenständen schlugen sie auf den Arzt ein. Peter drehte seinen Kopf nach rechts und links, um Nina damit anzuzeigen, dass er keinerlei Gnade walten ließ. Ohne Ankündigung stürzte Peter, sein Überraschungsmoment ausnutzend, in den Behandlungsraum und erschoss die beiden Terroristen. Nina befreite sofort den Arzt aus dem Stuhl, der sich augenblicklich etwas anzog. Mit Tränen in den Augen dankte er Nina und Peter. Peter fasste all sein Arabisch zusammen und erklärte ihm, dass sie zur Befreiung seiner Familie hier seien. Rasch liefen sie hoch in die Küche. Leyla hatte ihrer Mutter und ihren Brüdern bereits erklärt, was nun geschehen sollte. Ohne Aufsehen zu verbreiten verließ die Familie sowie Nina und Peter das Haus. Peter trieb zur Eile an. Lange sollte es nicht mehr dauern, bis die Luftlandeeinheit der Amerikaner eintraf, um alle weiteren Geiseln zu befreien.

Während Leyla und Nina der Familie in den Einstieg der Tunnelanlage half, warf Peter per Telefon den Chef des Geschwaders Major Stanton aus dem Bett und setzte ihn über den Stand der Dinge in Kenntnis.

*„Sehr gute Arbeit, McCord. Ich werde mit den Leuten von der Militärpolizei einige besonders gesicherte Räume aussuchen, wo sich die Familie ausruhen kann und wo wir sie gefahrlos verpflegen können. Viel Erfolg, Commander."*

„*Danke, Sir.*"

Peter schmunzelte. Es war wohl das erste Mal, dass Stanton ihn mit seinem Dienstgrad ansprach. Eigentlich war ihm dies völlig egal. Wichtig war jetzt nur, dass sich die Familie von Leyla in Sicherheit befand. Nina hatte die ganze Familie in die Hände von Major Stanton und den Soldaten der Militärpolizei übergeben. Jetzt traf sie wieder bei Peter ein.

„*Alles gut gelaufen?*"

„*Ja, Peter, der Major hat sie alle herzlich willkommen geheißen und ihnen drei Räume im Offizierstrakt übergeben.*"

„*Sehr gut. Hörst du das, Nina?*"

„*Das sind die Motoren von mehreren Großraumhubschraubern.*"

„*Operation Jericho hat begonnen. Ich würde mir gern Oberleutnant Banks schnappen. Holen wir ihn uns?*"

„*Kein Problem. Ich bin dabei. Wir sollten nur Kontakt zu den Amerikanern aufnehmen. Sonst tüten die uns gleich mit ein.*"

„*Dann lass uns mal nach dem Chef der Truppe Ausschau halten.*"

## 29

Nina und Peter liefen den landenden Hubschraubern entgegen. In der zweiten Maschine trafen sie auf einen Offizier im Rang eines Captains.

*„Hallo, Captain, leiten Sie den Einsatz hier?"*

*„Ja, Commander McCord, wenn ich richtig informiert bin? Mein Name ist Steel."*

*„Dann schlagen Sie mal los. Viel Zeit bleibt ja nicht. Wir suchen einen britischen Überläufer und möchten Sie begleiten."*

*„Kein Problem. Wird nur sicher kein Spaziergang."*

*„Ach, Captain, wenn ich spazieren gehen möchte, nehme ich keine Waffe mit, sondern meinen Spazierstock."*

*„Dann schließen Sie sich uns einfach an."*

*„Machen wir. Vorsicht, hier liegen überall noch Minen aller Art."*

Auch wenn der Einsatz anfangs unkontrolliert wirkte, gingen die Spezial-Einsatzkräfte punktuell und professionell vor. Trotz starker Gegenwehr befreiten die Amerikaner alle Geiseln ohne eigene Verluste. Die Terroristen gaben nicht auf und bekämpften die amerikanischen Soldaten mit aller Härte und einer gewaltigen Heftigkeit, die ihres Gleichen suchte. Unerwartet und wie von Geisterhand geführt, zogen sich plötzlich die

Frauen und Männer der Spezialkräfte zurück. Die Terroristen witterten bereits Morgenluft in der Hoffnung, doch gesiegt zu haben. Aber pünktlich um Punkt vier Uhr ertönten plötzlich die Trompeten von Jericho. Eine Drohne mit gewaltigen Fanfaren, mit Pressluft betrieben, jagte über das Bollwerk hinweg. Der infernalische Sound schmerzte in den Gehörgängen. Die GIs verschlossen ihre Ohren mit Stöpseln. Überall hielten sich die IS Terroristen die Ohren zu. Was dann jedoch folgte, ließ den Fanfarenangriff auf die Trommelfelle wie ein laues Lüftchen erscheinen. Auf ein geheimes Kommando hin beschossen plötzlich etwa fünfzig 120 mm Glattrohrkanonen der in Formation aufgetauchten Abrahams-Panzer aus zwei unterschiedlichen Richtungen das Terroristencamp. Nach dreißig Minuten Dauer-beschuss erstarben plötzlich die Kanonen. Eine angsteinflößende Stille legte sich über das Gelände. Staub wirbelte auf. Kein Stein stand mehr auf dem anderen und ganz sicher hatte kein Mensch dieses Inferno überlebt. Als der Kommandopanzer, mit General Grey im Turm stehend, vorfuhr, grüßten sich Peter und General Grey militärisch schweigend zu. Wenig später rückten die Panzer wie von Geisterhand geführt wieder ab. Captain Steel, Nina und Peter hingegen liefen schweigend durch die staubigen Trümmer. Von der einstmals stolzen, russischen Bunkeranlage war nichts mehr übriggeblieben. Über das ganze Areal verteilt lagen Waffen- und Fahrzeugteile, zerrissene menschliche Körper wie auch zerborstenes Mauerwerk. Nina entdeckte den Torso sowie den Kopf von Oberleutnant Banks, der die Attacke ebenfalls nicht überlebt hatte. Peter konnte nicht behaupten, Genugtuung zu verspüren. Er wollte hier nur noch weg und versuchen, dieses Gemetzel so schnell als möglich zu vergessen. Seine Kriege wurden auf einem anderen Parkett ausgetragen, das ganz sicher nicht weniger blutig war, dafür aber nicht so ausschweifend martialisch.

Damit sich ihre Namen nicht als die großen Sieger der Schlacht in das Gedächtnis der Soldaten einbrannten, marschierten Nina und Peter nicht wie zwei glorreiche Heroen unter dem Schlagbaum hindurch, während sie auf den Stützpunkt zurückkehrten. Sie stiegen zurück in die Tunnelanlage und verließen diese erst wieder unterhalb ihres Tornados. Schmutzig und blutverschmiert wie sie waren, meldeten sie sich bei Major Stanton, der sie stolz empfing. Doch Nina und Peter wollten nur zu Leyla und ihrer Familie, um zu schauen, ob es ihnen gut ging. Die Freude der ganzen Familie war einfach riesig, als Nina und Peter ihre Stube betraten. Leyla fiel nacheinander ihren beiden Helden um den

Hals. Peter kümmerte sich gleich um einen entsprechenden Tisch im Offizierskasino. Gemeinsam aßen sie dort mit der irakischen Familie zu Mittag. Es wurde viel gelacht und ein lustiges Beisammensein, wenn auch Nina und Peter noch die offensichtlichen Spuren der Schlacht auf ihren Overalls trugen. Ganz sicher war diese Herzlichkeit Balsam für die geschundenen Seelen der beiden britischen Agenten. Am frühen Nachmittag brachten Nina und Peter die Familie zurück zu ihrem Haus. Bevor sie es jedoch gemeinsam betraten, durchsuchten Nina und Peter zuerst jedes Zimmer, den Dachboden und den Keller, um sicher zu gehen, dass sich dort niemand verbarg. Neben einigen Aufräumarbeiten mussten noch die vier toten Terroristen bestattet werden. Als gläubige Christen wollte die Familie diese Aufgabe auf jeden Fall noch übernehmen, auch wenn es sich bei den Vieren um ihre Peiniger handelte. Der Abschied von Nina und Peter fiel Leyla und ihrer Familie sehr schwer. Doch irgendwann mussten die beiden zurück zum Stützpunkt. Außerdem wollten sie duschen, ihre Kleider wechseln und sich noch eine Mütze Schlaf gönnen, bevor es wieder nach London zurückging. Nach einer glücklicherweise kurzen Abschieds- zeremonie fuhren sie zurück zum Stützpunkt. Dort suchten sie ihre Stuben auf, duschten und legten sich in ihre Feldbetten. Völlig erschöpft schlief Peter ein. Erst am folgenden Morgen gegen 6 Uhr wachte er auf.

Langsam erhob er sich. Er verspürte ein Grummeln in der Magengegend, was auf ein einsetzendes Hungergefühl zurückzuführen war. Mit einem Sprung unter die Dusche, dem Putzen der Zähne, einer Rasur und dem Ankleiden eines neuen Kampfanzuges beendete er seine frühmorgend-liche Körperpflege. Zuletzt schob er noch die Dienstwaffe in den Holster und schlüpfte in die Splitterweste. Dann verließ er seine Stube. Gleich nebenan klopfte er an die Türe. Nina öffnete ihm splitternackt.

*„Oh, guten Morgen, Leutnant Brennan. Ihr Kampfanzug weist erhebliche Knitterfalten auf. Sie sollten ihn noch einmal bügeln, bevor wir zum Frühstück gehen."*

Weiter kam Peter nicht mit seinen frechen Sprüchen. Nina sprang ihn an, schlang ihre Schenkel um seine Hüften und drückte ihm ihre Lippen auf seinen Mund.

*„Wer hier mehr Falten und Löcher im Kittel hat, steht ja wohl völlig außer Frage, Commander."*

*„Mit scheint Sunday, bloody Sunday is over?"*

„Ja, genau und wenn wir jetzt hier nicht in diesem Drecksloch säßen, hätten wir uns die Seele aus dem Leib vögeln können."

„In der Tat, Nina, und deshalb müssen wir hier so schnell wie möglich weg. Lass uns frühstücken gehen. Danach checken wir den Jet durch. Wenn er ok ist, hauen wir heute Nachmittag hier ab und das mit Nachbrenner in Richtung Heimat, wenn ich an deinen Vorschlag denke."

„Bevor ich dir die Gunst erweise, meinen Luxuskörper für den Abbau deines Hormonstaus zu verwenden, lädst du mich im ‚Helenas' zu einem Riesensteak ein. Vorher gibt es Hummer und hinterher leckere Crepes mit Vanilleeis und frischen Himbeeren, mein großer Krieger."

„Wenn du nach jedem Einsatz zu so einem opulenten Abendessen eingeladen werden möchtest, werden sich wohl bald kaum noch Kameraden finden, die mit dir in den Einsatz ziehen möchten."

Peter lachte sich schief. Nina boxte ihn heftig in die Seite, während sie sich anzog. Einige Minuten später verließen sie ihre Stube, um im Offiziersheim zu frühstücken.

## 30

Die Überprüfung des Tornados ergab keine offensichtlichen Mängel. Ein Elektroniker der Airbase sowie zwei Flugzeugtechniker und Nina untersuchten den Jet auf Herz und Nieren. Die sabotierte Elektronikleitung wurde noch ausgetauscht. Als der Controlofficer den rechten Daumen hob und die Freigabe für den Flugbetrieb erteilte, waren zwei Stunden vergangen. Vier schwer bewaffnete Soldaten der Militärpolizei wurden eingeteilt, den Flieger ab sofort bis zum Abflug streng zu bewachen. Nina und Peter zogen sich derweil ihre Fliegerkombis an. Sie wickelten noch einige formelle Dinge ab wie die Rückgabe ihrer Dienstpistolen und ihrer Ausrüstung, bevor sie sich bei Major Stanton abmeldeten.

*„Commander, Sie und Leutnant Brennan haben hervorragende Arbeit geleistet und mit dem Einsatz Ihres Lebens eine Menge Leben unserer Kameraden geschützt. Mein Bericht an den Inspekteur der Luftwaffe ist bereits raus. Ich wurde soeben darüber informiert, dass ich nun doch das Kommando über den Stützpunkt hier übernehmen werde und zum Colonel befördert werde."*

Stanton war der Stolz über seine Beförderung regelrecht anzusehen.

*„Herzlichen Glückwunsch, Chief Commander. Ich wünsche Ihnen alles Gute. Wir bitten um Starterlaubnis für unseren Tornado, Sir."*

*„Erteilt, McCord. Folgen Sie mir bitten noch kurz in die Offiziersmesse."*

Als Major Stanton die beiden Flügeltüren zur Offiziersmesse öffnete, sprangen sofort alle anwesenden Piloten und Stabsoffiziere auf. Der ranghöchste Offizier Oberleutnant Mary Goldwyn machte dem Chief ordentlich Meldung.

*„Rühren, meine Damen und Herren. Leutnant Brennan und Colonel McCord werden uns gleich verlassen. Ich freue mich sehr, dass Sie alle zum Abschied unserer Kameradin sowie dem Kameraden erschienen sind."*

Es folgte ein nicht enden wollendes Shakehands, bis sich alle per Handschlag von Nina und Peter verabschiedet hatten. Beiden wurde noch das Wappen des Geschwaders auf einer kleinen Holzplatte zur Erinnerung überreicht, bevor sie mit einem kurzen Winken die Offiziersmesse verließen.

Auf dem Vorfeld hatte der Schlepper ihr Kampfflugzeug bereits auf Position geparkt. Die Männer der Tankeinheit kuppelten bereits die Schläuche ab. Der Tornado war bis zum Rand mit Kerosin betankt. Außerdem waren für alle Fälle die Bordkanonen aufmunitioniert. Nina und Peter kletterten über die Leitern zu ihren Sitzen ins Cockpit. Helfende Hände zurrten die Sicherheitsgurte fest. Peter schloss per Knopfdruck das Kabinendach und startete kurz nacheinander die beiden Triebwerke. Mit die Bordfunkanlage rief er Nina.

*„Alles im grünen Bereich, Leutnant?"*

*„Jawohl, Commander. Ready for take off, Sir."*

*„Sehr gut. Sag mal, Nina, wie ging das noch gleich mit dem Starten? Hier sind so viele verwirrende Knöpfe."*

Nina vernahm das schallende Lachen von Peter, der gerade die Startfreigabe vom Tower erhielt. Behutsam schob er die beiden Gashebel nach vorn. Der Tornado rollte der Startbahn entgegen. Wenig später gab Peter Volllast auf die beiden Triebwerke und schaltete sogar noch die Nachbrenner zu. Nina hatte das Gefühl, als würde ihre Sitzrückenlehne durch ihren Körper rasen wollen. Peter drehte eine Runde über den Stützpunkt und wackelte mit den Tragflächen, während er kurz noch einmal alle Systeme checkte. Danach jagte er im Tiefflug über die Panzerbase der Amerikaner hinweg, bevor er im Steilflug mit Vollgas der gleißenden Sonne entgegen raste. Plötzlich vernahm Peter eine ihm bekannte Stimme in den Kopfhörern.

*„Hallo, Peter. Im Normalfall wäre deine Schrottmühle jetzt Geschichte. Kampfflugzeuge, die ohne meine vorherige Freigabe meinen Stützpunkt überfliegen, überlasse ich gern meinen Boden-Luft-Raketen. Ich habe davon eine ganze Menge hier stationiert. Komm gut heim, mein Junge. Grüß mir auch den hübschen Leutnant Brennan."*

*„Hallo, General, Leutnant Brennan sitzt bei mir auf dem Schoß, weil sie so Angst hatte vor Ihren Raketen."*

*„Na, hoffentlich hat sie keine Angst vor Ihrer Rakete."*

Der General bekam kaum noch Luft, während er sich über seinen eigenen, eher sexistischen Witz halb totlachte. Doch Nina war als Soldatin und Agentin einiges von der Männerwelt gewöhnt und nahm es dem General nicht krumm. Doch seine Entschuldigung kam prompt.

*„Das war jetzt nicht stubenrein, Leutnant Brennan. Nehmen Sie es mir bitte nicht übel."*

*„Ist schon ok, General. Eure Raketen machen mir keine Angst."*

Diese Retourkutsche gefiel dem General hörbar, der wieder herzhaft lachte.

*„So, und jetzt ab mit euch beiden. Im Herbst komme ich mit meiner Frau wieder nach Schottland. Wir besuchen dort stets ihre Verwandten. Ich freue mich schon darauf, deine*

*Eltern zu besuchen und mit deinem Herrn Vater ein Gläschen vom besten Malt Whisky zu trinken."*

*„Immer gern, General, wenn ich in der Nähe bin, helfe ich gern beim Trinken."*

*„Alles klar. Guten Flug und bis bald mal wieder zum großen Feuerwerk, wenn wir die Trompeten von Jericho wieder heulen lassen, um das Adlersterben zu unterbinden."*

Peter wollte noch mit den Flügeln wackeln. Doch sie waren schon viel zu weit von der Panzer Base der Amerikaner entfernt. Peter hatte die Nachbrenner längst ausgeschaltet. Sie flogen ganz nah an der Grenze zum Orbit, um Kerosin einzusparen.

*„Peter, schläfst du da vorn?"*

*„Ja, Nina, tief und fest. Was gibt's?"*

*„Die Zwei ölt wieder und läuft heißer als die eins. Nimm ein wenig Speed raus. Wir haben doch Zeit."*

*„Eben nicht, Leutnant. Ich freue mich schon auf unseren Raketentest."*

Peter musste lachen, weil Nina offensichtlich sprachlos war. Doch er hatte sich getäuscht.

*„Nicht das dein Raketentest sich als Rohrkrepierer entpuppt."*

Jetzt lachte Nina, weil Peter tatsächlich nichts mehr einfiel.

Peter nahm jedoch etwas die Geschwindigkeit zurück. Kurz vor dem portugiesischen Luftraum fütterten sie per Luftbetankung aus einem französischen Airbus des Nato-Partners Frankreich ihren Tornado wieder mit Kerosin. Ohne jedweden Zwischenfall setzte Peter den Tornado samtweich auf der Landebahn der Homebase des MI6 in Stansted auf. Im Schritttempo ließ er den Kampfjet gleich in den Hangar rollen. Dort schaltete er die Triebwerke aus und öffnete das Kabinendach. Peter verließ als erster die Maschine und half noch Nina beim Abstieg aus dem Cockpit, als plötzlich ein junger Mann in dunklem Anzug, gefolgt von acht schwerbewaffneten Soldaten, hinter ihn trat. Peter hob aus Spaß die Hände.

*„Hallo, die Herren. Bin ich verhaftet? Was habe ich verbrochen?"*
Der Mann, der sich vor ihm positionierte, zeigte kein Lächeln auf seinen Gesichtszügen. Humor jedenfalls schien ihm eine unbekannte Wesensart zu sein.
*„Leutnant Brennan, Commander McCord, wenn ich richtig informiert wurde?"*
*„Sie haben gut aufgepasst Mister."*
*„Archibald Leicester vom MI6. Simon Sharp hat Alarmstufe Rot ausgerufen und mich beauftragt,*

*Sie und Misses Brennan unversehrt ins Headquarter zu bringen."*

*„Hätte da nicht auch einfach nur ein Fahrer mit Dienstwagen gereicht?"*

*„Offensichtlich nicht, Sir. Ich bin jedoch weder befugt noch in irgendeiner Form in Kenntnis gesetzt, weshalb Mister Sharp die höchste Sicherheitsstufe geschaltet hat. Folgen Sie mir bitte."*

Peter schaute Nina an und zuckte mit den Schultern. Er war es gewohnt, manchmal auch die ausgefallensten Situationen erleben zu dürfen. Sie griffen sich beide ihre kleinen Reisetaschen und folgten dem Sicherheitsmitarbeiter des MI6.

## 31

Das Fahrzeug, das im Nachbarhangar auf sie wartete, konnte seine Ähnlichkeit mit einem überschweren Panzerspähwagen kaum verleugnen. Die acht Soldaten wie auch Mister Leicester und seine beiden Schützlinge fanden genügend Platz für die Strecke bis in Londons Innenstadt. Die etwa dreißigminütige Fahrt zum Headquarter des MI6 verlief komplikationslos. Das Fahrzeug hielt vor einer Nebeneinfahrt des Sicherheitsgebäudes. Ein Stahlrolltor öffnete sich beinahe lautlos und sofort verschwand der Wagen im Schlund des Tiefgeschosses. Ein Lift hob Nina und Peter auf Simons Sharps Etage. Miss Fitchen saß hinter ihrem Schreibtisch und telefonierte hektisch. Mit ihrer linken Hand ließ sie Peter wissen, dass er und Nina gleich zum Chef durchgehen sollten.

*„Hallo, Misses Brennan, hallo, Peter, kommen Sie herein und nehmen Sie bitte Platz."*

*„Hallo, Mister Sharp, ist der Krieg ausgebrochen oder was ist hier los?"*

*„Vielleicht nicht gerade der Krieg. Aber eine Vorstufe dazu schon. Schauen Sie sich bitte zuerst das Video an, dass uns heute Morgen zugespielt wurde, bevor wir reden."*

Nina und Peter nahmen vor der Leinwand Platz. Der Kühlventilator des Beamers an der Decke begann zu summen und nahm seine Arbeit auf. Licht flackerte auf. Schnell setzte die Technik aus vielen tausend Pixeln ein Bild zusammen. Drei Männer, deren Köpfe mit Tüchern in ihrer traditionellen Form umwickelt waren, saßen nebeneinander hinter einem Tisch. Vor jedem der Männer lag eine Kalaschnikow. Der große Mann in der Mitte, dessen Gesicht ein langer, weißer Bart zierte, übernahm das Reden in englischer Sprache.

*„Wir grüßen mit größter Verachtung die Ungläubigen in Großbritannien. Wir sind sehr erzürnt über die Zerstörung unserer Camps in*

*Afghanistan. Weit über hundert gläubige Gotteskrieger sind dabei ums Leben gekommen. Dafür werden wir grausame Rache nehmen. Für jeden unserer getöteten Gotteskrieger werden vier Ungläubige sterben. Außerdem werden wir Commander McCord und Leutnant Brennan jagen und auf die grausamste Weise töten. Wenn Sie uns Ihre beiden Agenten ausliefern, verzichten wir auf weitere Racheakte. Das wir es sehr ernst meinen, können Sie im Folgenden sehen."*

Es folgte ein Amateurvideo. Ein Trupp Terroristen stoppt einen britischen Militärgeländewagen mit Waffengewalt. Die vier Soldaten und Soldatinnen werden aus dem Fahrzeug gerissen und gefesselt. – Cut - In der nächsten Filmsequenz stehen die beiden Männer sowie die zwei Frauen völlig unbekleidet nebeneinander und das mitten auf einem Platz, vermutlich in einem Terroristencamp. Die Kamera schwenkt und zeigt ca. einhundert Zuschauer, teils sitzend teils stehend. Der Wortführer im Video tritt vor und ruft: Allah ist groß.
Die Kamera schwenkt zurück zu den Gefangenen. Sodann tritt ein sehr groß gewachsener Krieger hinter die Gefangenen. Ohne den Hauch von Gefühlsregung zieht er ein gewaltiges Breitschwert aus seiner ledernen Gürtelscheide. Geschickt

schwingt er das Schwert über seinen Kopf hinweg, lässt es plötzlich niedersausen und trennt der Soldatin, die als erste in der Reihe steht, mit einem Schlag den Kopf ab. Eine große Blutfontäne schießt aus ihrem Hals, noch bevor ihr Körper zu Boden fällt. Während den anderen Soldaten vor Angst der Harn abgeht, übergibt sich ihr direkter Nachbar. Doch noch bevor er seinen Mageninhalt komplett ausgespuckt hat, rollt auch sein Kopf durch den Sand. Die grellen Angstschreie der Soldatin sowie ihres Kameraden brennen sich ins Gedächtnis von Nina und Peter ein. Als die Schreie verstummen, liegen vier Köpfe auf dem Sandboden. Zwei Männer schieben große Karren heran, denen sie martialisch anmutende Beile entnehmen. Mit wenigen Schlägen zerteilen sie die Körper der Soldaten, legen deren Fragmente in die Schubkarren und bringen sie in die Wüste. Ein paar Jungs treten die abgeschnittenen Köpfe durchs Lager, bevor sie diese wie ein Torwart aufheben und in Richtung Wüste abschlagen.

Nina saß ganz still auf ihrem Sessel. Lautlos liefen ihr Tränen die Wangen herunter. Peter saß ebenfalls bewegungslos da und beobachtete sie aus den Augenwinkeln. Weinte sie aus Trauer oder gar aus Wut? Peter konnte es nicht ergründen. Es war ihm auch egal. Er kämpfte gegen seinen ärgsten Feind an, den Hass. Hass machte blind und unvorsichtig. Plötzlich meldete sich wieder der Terroristenführer zu Wort.

*„Liefern Sie uns Colonel McCord und Leutnant Brennan aus. Dann werden nur sie sterben und wir werden die anderen Soldaten verschonen. Wenn Sie Allahs Willen nicht befolgen, werden wir den Luftwaffenstützpunkt überrennen und niemanden am Leben lassen. McCord und Brennan werden wir uns dann zusätzlich direkt in Ihrem Land holen und spektakulär töten.“*

Der Bildschirm flimmerte. Das Video war zu Ende. Ohne ein Wort zu verlieren, saßen Nina und Peter vor dem dunklen Bildschirm.

*„Möchten Sie einen Kaffee, Misses Brennan? Und Sie, Peter?“*

Erst jetzt bemerkten Peter und Nina, dass sie noch völlig woanders mit ihren Gedanken waren.

Weit weg bei den Familien der Kameraden, die völlig umsonst sterben mussten. Beide nickten zustimmend. Miss Fitchen verschwand für einen Moment. Wenig später stellte sie zwei Tassen auf den Schreibtisch von Simon Sharp, der seine beiden Agenten beobachtete, die sich beinahe mechanisch erhoben und ihrem Chief gegenüber Platz nahmen.

*„Nun, Misses Brennan, Peter, auch wenn meine Belobigung sicher eher unpassend erscheint, dankt Ihnen der Inspekteur der Royal Airforce, dass Sie beide dem Adlersterben ein Ende bereitet haben und mit Unterstützung der Amerikaner zwei Bunkerstützpunkte des IS vernichteten."*

*„Ich hoffe, wir müssen uns deshalb keinen Orden bei der Queen abholen."*

Simon Sharp musste lachen, auch wenn eigentlich keinem der Anwesenden wirklich dazu zumute war.

*„Keine Sorge, Peter. Ich kenne ja Ihre Abneigung gegen die Verleihung von Orden und Ehrenzeichen. Aber für Sie, Misses Brennan, wäre das doch sicher interessant für Ihre weitere Karriere."*

*„Bitte nicht, Sir. Ich stehe da überhaupt nicht drauf."*

*„Willkommen im Team, Misses Brennan. So, ich hoffe, Sie haben jetzt ein wenig Abstand zu dem Video gefunden, dass ich Ihnen natürlich nicht vorenthalten durfte. Es versteht sich von selbst, dass wir Sie beide keinesfalls an diese Wahnsinnigen ausliefern werden. Im Gegenteil, wir müssen jetzt eine Lösung finden, wie wir Sie vor Kidnapping oder einem Mordanschlag schützen können."*

*„Mit Verlaub gesagt, Sir, stehe ich weltweit bei einer Menge arabischer, asiatischer wie auch einiger südamerikanischer Staaten auf deren*

*Todesliste. Ich lebe aber immer noch und führe auch nach wie vor meine Aufträge durch. Natürlich habe ich auch Angst. Aber Angst ist ein natürlicher Schutz, um nicht unvorsichtig zu werden. Im Gegenzug zu Hass, der sehr schnell jegliche Hemmschwellen unterbindet."*

*„Das mag alles für Sie zutreffen, Peter, aber wie sieht es bei Misses Brennan aus?"*

*„Ich habe wie Peter ebenfalls nicht die Sorge, einem Anschlag zum Opfer zu fallen. Natürlich sollten wir die Augen weit offenhalten. Aber wenn wir jetzt nicht weitermachen, Sir, hat der IS doch erreicht, was er wollte. Einschüchtern lasse ich mich nicht."*

*„Das sind deutliche Worte von Ihnen beiden. Was haben Sie denn jetzt vor?"*

*„Ich muss Nina an diesem Wochenende im ‚Helenas' zu einem Galamenü einladen. Morgen ist ohnehin schon Freitag. Ich denke, am Montag sind wir wieder, wenn nichts passiert, bereit für den nächsten Einsatz."*

*„Im ‚Helenas' war ich auch lange nicht. Wollten Sie mich nicht auch zum Essen einladen, Peter?"*

*„Nicht wirklich, Sir. Selbstverständlich würde ich Sie nicht hungrig zuschauen lassen, während sich Misses Brennan den Bauch vollschlägt."*

Endlich wurde mal wieder gelacht in den Räumen des MI6, auch wenn die grausamen Bilder nur verdrängt wurden. Und doch ging das Leben unverändert weiter.

„Lassen Sie mal gut sein, Peter. Ich möchte Ihnen auch Misses Brennan nicht ausspannen, wenn Sie wieder einmal nicht tanzen möchten und ich dafür Ihren Part übernehmen müsste."

„Danke, Sir, ich wusste, dass ich mich auf Ihre Fürsorge verlassen kann."

„Und wie geht es jetzt nun wirklich weiter mit Ihnen beiden?"

„Nun, Sir, ich denke als Täuschungsmanöver schicken Sie eine unserer Limousinen aus dem Fuhrpark mit zwei Puppen auf der Rückbank quer durch London. Misses Brennan und ich gehen derweil zu Fuß zu mir nach Hause. Sie kann ohnehin etwas Bewegung vertragen."

„Wie bitte? Wie meinst du das jetzt, Peter?"

„Na, wie ich es sagte. Ein wenig Bewegung tut deiner Figur recht gut."

„Hältst du mich etwa für zu dick?"

„So möchte ich das nicht formulieren."

„Mister Sharp, wie es scheint, möchte mich der Agent 001 Peter McCord in seine Junggesellenbude entführen, um mich dort unsittlich zu berühren oder gar zu verführen."

Simon Sharp schlug sich vor Lachen auf die Schenkel. Sein neues Agententraumduo verhielt sich wie ein altes Ehepaar, das sich gegenseitig über den anderen lustig machte. Doch der Chef des MI6 wusste auch ganz genau, dass er dieses Duo nicht zum Feind haben wollte. Sie würden ganz sicher jederzeit einen Weg finden, jeden Gegner auszuschalten.

*„Ok ihr beiden, Sie haben alle nötigen Rufnummern für einen Noteinsatz und die Fahrbereitschaft. Wenn Sie Hilfe benötigen, steht Ihnen unser ganzer Apparat zur Verfügung. Mister Leicester koordiniert sofort jede Hilfsmaßnahme, falls erforderlich."*

*„Danke, Sir, gilt das auch für häusliche Gewalt?"*

*„Ja, natürlich, Misses Brennan. Sperren Sie Peter einfach in seinem Zimmer ein und gehen Sie mit mir ins ‚Helenas'."*

*„Warum nicht, Hauptsache, Sie laden eine arme Studentin zum Essen ein."*

## 32

Wenig später traten Nina und Peter durch einen Nebeneingang auf die Straße. Sie wählten, soweit möglich, nur sehr belebte Straßen aus, um an ihr Ziel zu gelangen.

*„Was denkst du, Peter, werden die uns verfolgen und versuchen uns zu töten?"*

*„Ich denke schon. In meiner Wohnung sind wir allerdings sicher. Alle Scheiben bestehen aus Panzerglas und sind schusssicher, genauso wie alle*

*Türblätter. Mein Schlafzimmer kann ich von innen uneinnehmbar machen. Dank der Verriegelungen, den Stahleinlagen in den Wänden und der Türe bin ich darin save. Du wolltest doch im Gästezimmer schlafen, nicht wahr?"*

Peter spürte plötzlich, dass ihn etwas heftig in den Po kniff.

*„Von wegen du im Schlafzimmer. Ich werde dort nächtigen. Du bist doch schon ein alter Agent. Ich hingegen gehöre der jungen, aufstrebenden Garde an, die es zu schützen gilt."*

Die beiden blödelten den ganzen Weg lang, bis sie Peters Behausung erreichten.


Stickig war die Luft, die ihnen entgegen schlug, als Peter die Wohnungstüre öffnete. Peter riss sogleich zwei Fensterflügel auf, damit der Durchzug die Luft reinigte. Als nächstes stopften die beiden ihre Wäsche in die Waschmaschine.

*„Wir müssen einkaufen, Nina. Der Kühlschrank ist ziemlich leer."*

*„Ja, und ich brauche ein paar Klamotten aus meiner Wohnung."*

*„Dann nehmen wir den Wagen und erledigen beides auf einmal."*

*„Hast du eigentlich bereits eine eigene Dienstwaffe, Nina?"*

*„Nein. Bisher habe ich noch keine gebraucht."*

*„Darum sollten wir uns gleich am Montag kümmern. Bis dahin kannst du dir eine Waffe bei mir aussuchen. Komm mit."*

Peter ging durchs Schlafzimmer in seinen begehbaren Kleiderschrank. Er schob eine unscheinbare Holzplatte beiseite. Licht flackerte auf. Eine Zahlen- und Buchstabentastatur mit einem Fingerprintscanner wurde sichtbar. Peter gab eine fünfstellige Zahlenkombination sowie ein Passwort ein und drückte seinen rechten Zeigefinger auf den Scanner. Nina hörte am Summen im Hintergrund, dass dort gerade Stahlbolzen hin- und herfuhren und die Verriegelungen aufhoben. Wenig später fuhr eine Stahlschiebetür zur Seite. Nina bekam fast den Mund nicht mehr zu. als sie die Auswahl an Kurzwaffen sah, die Peter zur Verfügung hatte.

*„Was schaust du, Nina? Es ist alles vorhanden, was in Europa Rang und Namen hat, wenn es um Handfeuerwaffen geht. Heckler und Koch, SIG Sauer, Glock, Beretta und noch so einige mehr. Von Kaliber 9mm bis 45 ACP alles da."*

Als sich Nina wieder gefangen hatte entschied sie sich für eine Glock 17.

*„Ich nehme die SIG P226."*

*„Dann haben wir das ja erledigt. Für jede Waffe habe ich drei Magazine. Hier sind zwei Päckchen*

*9mm Vollmantelgeschosse. Lass uns die Magazine laden."*

Nina erhielt ein Schulterhalfter, während Peter sich für ein Gürtelholster entschied. Als er sein Waffenarsenal wieder gesichert hatte, fuhren sie ins Parkgeschoß und bestiegen sein Porsche Cabrio. Da es zu regnen begonnen hatte, konnten sie leider nicht das Dach des Turbos öffnen. Gemächlich schwammen sie im allmählich einsetzenden Berufsverkehr des Donnerstag Nachmittages mit. Natürlich besaß Peter eine Durchfahrgenehmigung für die Londoner Innenstadt. Sie fuhren zuerst raus zu Ninas Studentenbude. Während die junge Agentin ihre Sachen zusammen packte, mit denen sie sich bei Peter einquartierte, blieb Peter im Wagen sitzen und beobachtete ständig den Eingang zum Wohnhaus. Peter besaß einen Instinkt dafür, wenn eine Situation brenzlig wurde. Doch hier und jetzt blieb alles ruhig. Noch bevor Nina mit ihren beiden prall gefüllten Reisetaschen auf die Straße trat, rief sie Peter an, der wie besprochen sofort direkt vor der Tür des Gebäudes fuhr und sie samt ihrem Gepäck aufnahm.

*„Ziehst du etwa bei mir ein?"*

*„Ja, natürlich, ich habe meine Bude bereits für ein Jahr untervermietet. Danach willst du mich ohnehin nur noch heiraten und ich werde Prinzessin auf deinem Schloss in Schottland. Wir bekommen vier*

*Kinder, wenn du das noch auf die Reihe bekommst und ich lasse mich dann nur noch von vier knackigen Höflingen auf einer Sänfte durch den Schlosspark tragen und bespaßen."*

Nina konnte nicht mehr weitersprechen vor Lachen. Peters völlig verblüffter Gesichtsausdruck sprach Bände.

*"Ach so, ja dann fahren wir jetzt ordentlich einkaufen, damit wir zwecks Zeugung der jungen Prinzen nicht gestört werden."*

*"Ok, ich hoffe nur, es wird dir nicht zu anstrengend?"*

*"Ich werde natürlich mein Bestes geben. Schließlich sollen es ja Königskinder werden."*

Nina und Peter mussten herzlich lachen, bis er den Startknopf drückte und den Porsche zurück auf die Straße lenkte. Der Feierabendverkehr, der jetzt der Innenstadt entgegen strebte, hatte erheblich zugenommen. Anfangs alberten die beiden Top-agenten laut herum, bis Peter irgendwann ganz still wurde. Immer wieder kontrollierte er den Verkehr im Rückspiegel.


*"Was ist los Peter? Beunruhigt dich der schwarze 3er BMW hinter uns?"*

*"Du hast ihn auch schon bemerkt?"*

*"Ja, Peter. Er folgt uns schon eine ganze Weile. Ein junger Mann sitzt hinter dem Lenkrad und eine*

*junge Frau auf dem Beifahrersitz. Allerdings wirkt die Art der Verfolgung eher plump. Keine Profiarbeit."*

*„Mag sein, Nina, aber wenn das Pärchen bewaffnet ist und sie neben uns fahren, um uns in die Umlaufbahn zu schießen, ist mir eigentlich egal, wie plump die Art ihrer Arbeit ist."*

*„Ok, James Bond. Dann häng sie ab."*

*„Jawohl, Q."*

Peter wechselte heftig unkonventionell auf die ganz linke Spur. Entsprechend laut war das Hupkonzert der übrigen Verkehrsteilnehmer. Ohne Blinker bog er wenig später nach links in eine Seitenstraße ab. Der BMW hinter ihm konnte ihm nicht folgen. Jetzt gab er richtig Gas und bog erneut ab. Der BMW hatte keine Chance ihnen zu folgen.

*„Gut gemacht, Peter."*

*„Ich möchte doch, dass du bei mir auch noch etwas lernst."*

*„Natürlich, großer Meister. Aber jetzt fahren wir erst einmal einkaufen. Ich verspüre nämlich ein einsetzendes Hungergefühl."*

*„Ich weiß schon, dann wirst du noch unerträglicher."*

Peter fing sich einen ordentlichen Boxhieb gegen seine linke Schulter ein und Nina lachte laut auf.

## 33

Der Parkplatz des Supermarktes war gut und gern zu zwei Drittel gefüllt. Peter stieg als erster aus und rannte um den Porsche herum, um Nina den Schlag zu öffnen.

*„Was ist jetzt passiert, Peter? Seit wann bist du so zuvorkommend?"*

*„Nun, immerhin hast du dich als zukünftige Prinzessin Schottlands geoutet, Königliche Hoheit. Das erfordert von mir ein Höchstmaß an Loyalität und die Bereitschaft zu dienen."*

*„Also gut mein Knecht, hilf deiner Prinzessin aus der Kutsche."*

Nina hakte sich bei Peter unter. Sie wollten gerade im Gleichschritt dem Eingang des Einkaufstempels entgegen schweben, als Peter beinahe der Schlag traf.

*„Was hast du Peter? Warum bleibst du stehen?"*

*„Dort vorn parkt der 3er BMW, der uns eben verfolgt hat."*

*„Wieso haben die uns so schnell gefunden?"*

*„Das werden wir die beiden jetzt gleich fragen. Nimmst du die rechte Türe? Ich nehme die linke."*

Nina und Peter verstanden sich bereits blind, wenn es um die Durchführung gemeinsamer Aktionen ging. Beinahe gleichzeitig rissen sie die Fahrzeugtüren auf und streckten den Insassen die

Mündungen ihrer Waffen entgegen. Da das Überraschungsmoment auf ihrer Seite lag, starrten Nina und Peter in mehr als ängstlich aus der Wäsche schauende Augen junger Leute.

*„Guten Tag zusammen. Mit wem haben wir das Vergnügen? Bitte keine überhasteten Bewegungen."*

*„Kati Stone ist mein Name. Ich bin Leutnant im MI6 und für Überwachung von Personen ausgebildet. Das ist mein Kollege Harry Styles. Er ist Sergeant und arbeitet ebenfalls für den MI6."*

*„Nun, Lady, wenn dem wirklich so ist, müssen sie beide aber noch ein paar Jahre die Agentenschulbank drücken. So offensichtlich, wie sie uns gefolgt sind, dürfte Ihre Erfolgsquote bei der Verfolgung von verdächtigen Personen nicht besonders hoch sein."*

*„Es war überhaupt nicht in unserem Sinne, Sie zu verfolgen, Commander. Unser Auftrag lautet, Sie zu schützen."*

Peter steckte seine Waffe ein und zog sein Handy aus der Jacke. Nina hielt ihre Waffe noch weiterhin im Anschlag. Glücklicherweise hatte der Regen aufgehört. Er wählte über die Kurzwahltaste eine Geheimnummer. Nach zweimaligem Signal wurde sein Anruf entgegengenommen.

*„Hallo, Mister Sharp, Misses Brennan und ich haben Bonny und Clyde aufgebracht, die*

behaupten, sie wären zu unserem Schutz abgestellt. Geht das in Ordnung, Sir?"

„Oh Gott, ja. Leben die beiden noch?"

„Ja, Sir, sie leben noch. Aber das ist gerade noch einmal gut gegangen. Warum werden wir nicht informiert, dass Sie Nannys für uns losschicken?"

„Weil wir Sie dann gegebenenfalls zusätzlich gefährden. Wenn ein solcher Auftrag Ihren Widersachern in die Hände fällt, schalten diese unsere Leute aus und hängen sich sofort an Ihre Fersen."

„Na gut, Sir. Gibt es weitere Aufpasser?"

„Nein, Peter. Jetzt seien Sie nicht sauer. Ich habe es nur gut gemeint."

„Und beinahe das Leben zweier Nannys in Gefahr gebracht. Sie wissen doch, dass Nina und ich alle Gegner gnadenlos aus dem Weg räumen. Na dann bis Montag, Sir."

„Ja und alles Gute."

„So, Kati und Harry, wir gehen jetzt mit euch einen Kaffee im Supermarkt trinken, damit ihr
wieder Farbe ins Gesicht bekommt."

Zwanzig Minuten nahmen sich Nina und Peter für ihre jungen Kollegen Zeit. Peter spendierte eine Runde Kaffee. Schon bald entwickelte sich eine lustige Gesprächsrunde, bis Nina aus zeitlichen Gründen zum Aufbruch mahnte. Vier große

Tragetüten schleppten Nina und Peter nach erledigtem Einkauf zum Wagen. Danach brausten sie gleich zurück in Peters Wohnung. Ihre beiden jungen Schatten folgten ihnen noch, bis Peter in die Tiefgarage seines Wohnkomplexes abbog. Rasch verstauten sie alle Lebensmittel, bevor sie sich hundemüde auf die Couch warfen und sofort einschliefen. Kurz nach einundzwanzig Uhr erwachte Nina. Peter befand sich noch im Halbschlaf.

*„He, alter Agent, wollen wir noch ein wenig schwimmen gehen? Zum Laufen ist es einfach zu nass draußen.*

*„Ja, können wir gerne machen. Vorher noch einen Espresso zum Wachwerden?"*

*„Ja gern. Gute Idee."*

Auch wenn sich Peter und Nina mittlerweile sehr gut verstanden, keimte immer wieder eine Art Konkurrenzdruck auf, den beide aber sportlich nahmen. Nach dem Schwimmen vertraten sie sich noch die Beine auf dem Laufband und zum guten Schluss kochten sie ihre Muskeln und Sehnen noch in der Sauna auf. Wie neu geboren verließen Nina und Peter den SPA-Bereich.

*„Ich habe Hunger, großer Meister. Wie sieht es bei dir aus?"*

„Habe ich auch. Wollen wir zum Italiener Da Filipo hier um die Ecke gehen? Die machen ein hervorragendes Vitello Tonnato als Vorspeise und als Hauptgericht eine mit selbstgemachtem Pesto gefüllte Dorade. Dazu einen frischen, gut gekühlten Frascati."

„Überredet. Hört sich verdammt lecker an."

„Dann nix wie in die Ausgehklamotten und ab die Post."

Peter betrat das italienische Restaurant als erster, gefolgt von Nina, der bereits der Duft von gebratenem Fleisch und Fisch von den Tellern der Gäste in der Nase kitzelte. Der Gastronom erkannte Peter sofort. Die Begrüßung war sehr herzlich. Weil Filipo wusste, dass Peter nicht gern am Fenster saß, erhielten sie einen Tisch in einer kleinen Nische. Sie bestellten den Frascati und eine große Flasche Wasser dazu. Als Vorspeise entschieden sie sich tatsächlich für Vitello Tonnato und als Hauptgericht nahm Peter die Dorade und Nina Lammkoteletts. Sie speisten gemütlich eineinhalb Stunden lang. Doch für ein Dessert reichte die Kapazität ihrer Mägen dann doch nicht aus. Alternativ tranken sie jeder zwei Espresso. Zum guten Schluss beglich Peter die Rechnung. Langsam erhoben sie sich und schlenderten dem Ausgang entgegen. Der Patron verabschiedete seine Gäste per Handschlag. Peter trat zuerst ins Freie und schaute sich erst einmal um. Außer vier halbstarken Jungs, die gegenüber dem Eingang des Restaurants auf einer Bank herumlungerten, rauchten, billigen Fusel tranken und laut herumplärrten, herrschte absolute Ruhe. Plötzlich erhoben sich zwei der jungen Männer und marschierten mit festen Schritten Peter und Nina hinterher. Nina hatte gerade nach den beiden Grappas aufs Haus ihren rechten Arm um Peters Hüfte gelegt und sich an ihn gekuschelt, als einer der Jungs sich ihnen in den Weg stellte. Der andere blieb hinter ihnen stehen, während sich die beiden übrigen jungen Männer laut lachend auf die Lehne der Bank setzten, so als wollten sie den folgenden Aktionen wie in einem Kinofilm folgen.

*„He, alter Mann, deine Kleine gefällt uns. Die könnte uns beiden heute Abend sicher eine Menge Spaß bereiten. Gibst du sie freiwillig raus oder müssen wir sie uns holen?"*

*„Fragt sie doch selbst, ob sie sich mit euch Spaßbremsen abquälen oder lieber bei mir Qualität erleben möchte?"*

*„Heeee Alter, was glaubst du eigentlich, was hier gleich abgeht? Du bist schon jetzt ein toter Mann."*

*„Komm, Peter, lass uns gehen, die Jungs langweilen mich."*

Peter musste grinsen ob Ninas Spruch, der die Situation noch weiter anheizte. Als jedoch der Schläger hinter ihnen einen Totschläger aus seiner Tasche zog, wurde es Peter dann doch leicht mulmig. Wie von einer starken Feder bewegt, löste sich Nina von Peter und drehte sich zu dem Schläger um.

*„Was willst du von uns, Kleiner? Komm noch zwei Schritte näher und du bist tot."*

Der junge Mann blieb abrupt stehen. Er schien zu überlegen, inwieweit die junge Frau wohl bluffte.

*„Hast du etwa Angst vor der Chica, Mark? Zieh ihr das Höschen aus, damit wir ihr unsere Schlagstöcke vorführen können."*

*„Versuch es doch, du Pappnase. Die Chica wird dir gleich dermaßen deinen Arsch versohlen, dass du tagelang weder sitzen und pinkeln kannst."*

Nina stand, in ihren Knien federnd, bereit und grinste frech, jederzeit einen Angriff des Schlägers erwartend. Peter mischte sich jetzt ein.

*„Hört zu, Jungs, wenn ihr jetzt verschwindet, vergessen wir den Vorfall. Wenn nicht, landet ihr im Knast und ganz sicher vorher noch ein paar Wochen im Krankenhaus."*

Plötzlich wurde die Situation unübersichtlich. Vorsorglich drückte Peter den Notknopf an seinem Handy. Dabei drehte er sich um und sah, wie der Schläger mit seinem Schlagstock auf Nina zu rannte. Nina holte aus. Peter erkannte sofort, dass sie keine Kompromisse eingehen und gnadenlos Fuß- und Handtreffer setzen würde. Dann krachte es und der Schläger fiel schwer getroffen zu Boden. Blut spritzte aus seinem Mund. Wie es aussah hatte Nina ihm den Kiefer und die Nase gebrochen. Der andere Schläger zog ein großes Messer aus seinem Gürtel. Bevor er versuchen konnte, damit auf Nina loszugehen, reichte es Peter. Er zog seine Waffe aus dem Holster. Die beiden Typen, die eben noch auf der Bank saßen, nahmen sofort Reißaus. Aus der Ferne waren bereits die Sirenen eintreffender Streifenwagen zu vernehmen.

*„Wirf das Messer auf den Boden und nimm die Hände hinter deinen Kopf. Ich habe euch gewarnt. Ihr wolltest ja nicht hören und jetzt badet ihr das aus, was ihr da angezettelt habt. Viel Spaß im Knast."*

Natürlich wusste Peter genau, dass die beiden Schläger für ihre Taten ganz sicher nicht einsitzen mussten. Aber so ein paar Sozialstunden ableisten hatte bekanntlich noch niemand geschadet. Sekunden später trafen drei Streifenwagen und eine schwarze Limousine ein. Die Polizisten forderten gleich einen Krankenwagen für den Schläger an, der mit schmerzverzerrtem und stark geschwollenem Gesicht immer noch auf dem Pflaster lag. Den Mann, der der schwarzen

Limousine entstieg, kannten Nina und Peter bereits vom Flughafen Stansted.

*„Guten Abend. Ich hätte nicht gedacht, dass wir uns so bald wiedersehen.“*

*„Wir auch nicht, Mister Leicester.“*

*„Soll ich Sie nach Hause fahren oder wollen Sie laufen?“*

*„Laufen ist uns schon lieber. Danke für Ihr schnelles Eingreifen.“*

*„Ist mein Job, Commander. Werden Sie ohne Zwischenfall heim finden?“*

*„Ich denke schon. Sonst melden wir uns wieder. Ruhigen Dienst, Mister Leicester.“*

*„Danke Sir. Schönen Abend, Misses Brennan.“*

Nina hakte sich bei Peter unter. Mit festem Schritt marschierten die beiden los. Ohne weitere Zwischenfälle erreichten sie das Appartementgebäude.

## 34

Nina verschwand sofort im Bad. Wenig später erschien sie, nur mit einem Sleepshirt bekleidet, im Schlafzimmer und packte sich Peter.

*„Nix mehr Sunday, bloody Sunday, mein lieber Peter. Jetzt wird es für dich ernst. Ich werde jetzt mal testen, ob der langsam in die Jahre gekommene*

*Spezialagent Peter McCord noch eine leidenschaftliche Liebesnacht mit einer knackfrischen Kampfagentin durchsteht und seine Partnerin mit einem Orgasmus nach dem anderen verwöhnen kann."*

Peter musste grinsen

*„Lass es mich anders formulieren, Nina. Wollen wir doch einmal schauen, ob so eine Anfängeragentin die Bedürfnisse eines Topagenten wirklich befriedigen kann?"*

Peter begann laut zu lachen, während Nina ihm ihre Arme um den Hals legte und ihn kurz küsste.

*„Du wirst gleich dein blaues Wunder erleben, Mister Bond",* flüsterte Nina Peter ins Ohr und stieß ihn anschließend eher unsanft rücklings auf sein Bett. Blitzschnell zog sie sich ihr Sleepshirt über den Kopf. Völlig nackt stürzte sie sich auf Peter und riss ihm ebenfalls die Kleider vom Leib. Rasch stellte Peter fest, dass Nina nicht unbedingt der Fraktion Blümchensex angehörte. Leidenschaftlich tobten sie durch sein Schlafzimmer und probierten dabei alle möglichen Stellungen aus, bis sie irgendwann ziemlich platt Arm in Arm auf Peters Bett lagen.

*„War das jetzt etwa alles, Peter?"*

*„Also, Nina, ich habe mich gerade warm gemacht. Du siehst etwas müde aus. Wünschst du eine Pause?"*

Ninas roter Kopf zeigte Peter, dass er jetzt noch einiges zu erwarten hatte und in der Tat wurde es eine lange Nacht.

Kurz vor halb neun in der Früh erwachte Peter. Da ein Weg zur Toilette dringend erforderlich schien und ihn aus den Federn zwang, entknotete er sich vorsichtig aus dem Gewirr von Armen und Beinen. Nina schlief noch ganz fest. Er nutzte die Gunst der Stunde und duschte. Im Anschluss zauberte Peter ein leckeres Frühstück. Der Duft des aromatischen Kaffees waberte durch die Räume. Nina erwachte. Auch sie verschwand erst im Bad, bevor sie Peter ihre Arme um den Hals legte und ihn küsste, als wären sie ein Liebespaar, dass sich bereits eine ganze Zeit lang kannte. Nach dem Frühstück beschlossen sie, ein wenig in London shoppen zu gehen. Die Sonne lachte aus einem blauen Himmel und die Temperaturen waren mehr als angenehm. Einem für London eher untypischen Wetter. Peter zog sich trotz des warmen Wetters einen dünnen Blazer über sein Polo damit er seine Waffe unerkannt tragen konnte. Nina steckte ihre 9 mm Glock in ihren kleinen Rucksack.

Hand in Hand liefen sie die Treppe zur Underground herunter. Peter besaß eine universelle Freifahrkarte, die für 2 Personen ausgestellt war. So mussten sie sich nicht mit lästigem Kartenkauf befassen. Peter hatte jedoch nicht bedacht, dass sein Handy tief unten in den U-Bahnstationen keinen Netzempfang besaß. So entging ihm ein wichtiger Anruf. Auch wenn sie eher wie Touristen auftraten, würde ein Auftragskiller sie leicht erkennen. Als sie die U-Bahnstation an der Carnabystreet verließen, sah Peter eher durch Zufall auf seinem Display dass ein Anruf eingetroffen war, der ihn nicht erreicht hatte. Mit einem unguten Gefühl in der Magengegend zog er Nina in ein kleines Bistro hinein. Die junge Agentin sah ihn anfangs fragend an. Doch war auch ihr sofort klar, dass etwas nicht stimmte.

*„Der Anruf kam von einer Geheimnummer. Das war ganz sicher Sharp."*
Sofort wählte er die Nummer an. Nach dem zweiten Signalton wurde sein Anruf entgegen genommen.

*„Hallo, Peter, gut dass ich Sie erreiche. Ist Misses Brennan auch bei Ihnen?"*
*„Hallo, Mister Sharp, und ja, Sir. Im Zuge meiner Aufsichtspflicht für meine junge Kollegin hat sie bei mir übernachtet."*
*„Sehr fürsorglich, Peter. Ich weiß Ihre aufopferungsvolle Nächstenliebe und Fürsorge für Ihre weiblichen Kollegen sehr zu schätzen."*

Der Chef des MI6 konnte sich ein Lachen nicht verkneifen.

„Was ist geschehen? Es ist nie ein gutes Zeichen, wenn Sie mich anrufen."

„Da haben Sie leider Recht, Peter. Letzte Nacht erhielt ich eine Information vom CIA, dass zwei IS-Auftragskiller nach London unterwegs und wohl auch hier eingetroffen sind. Es handelt sich um eine männliche Person mit Codenamen Khalid und eine weibliche mit Einsatznamen Sevin. Ich habe daraufhin sofort alle Sicherheitskräfte an den Flughäfen und Bahnstationen personell verstärkt und strikte Einreisekontrollen angeordnet. Doch bisher ohne Erfolg. Ich warte noch auf weitere Infos aus Langley. Bis ich Sie weiter informieren kann, sind Sie und Frau Brennan gänzlich auf sich alleine gestellt. Seien Sie besonders vorsichtig. Gerade wenn Sie sich in größere Menschenansammlungen aufhalten. Mehr kann ich zurzeit nicht für Sie tun."

„Danke, Sir, wir werden solange auf uns beide alleine aufpassen."

„Das hat ja schon sehr gut geklappt, wenn ich den Infos der Citypolizei und Abercrombie Leicester Glauben schenken darf."

„Nun, Sir, das war reine Notwehr. Nina hat diesen Dummschädel mehrfach gewarnt. Aber wer nun einmal nicht hören will, der muss fühlen."

„Ja, wir haben eure Scherben ganz schnell weggeräumt. Ich melde mich dann. Bis später."

„Ja, Sir, danke", doch Peters letzten Satz hatte Simon Sharp schon nicht mehr erreicht, da er das Gespräch bereits beendet hatte.

Während Peter Nina berichtete, was er gerade vom großen Boss erfahren hatte, legte sie ihm ihren linken Arm um die Hüfte und schob in los.

„Gut zu wissen. Wir werden besonders aufpassen. Aber deshalb lassen wir uns nicht den Tag verderben. Komm, lass uns shoppen gehen."

Peter musste lachen und folgte seiner jungen Kollegin. Schwer bepackt mit allerlei Tüten kehrten sie am frühen Nachmittag zurück in Peters Wohnung. Peter setzte Kaffee auf und sorgte für leckere Baguettes als kleinen Snack. Zum Abendessen hatte er Nina ins ‚Helenas' eingeladen. Den Rest des Nachmittages verbrachten sie im SPA-Bereich. Anfangs trainierten sie gemeinsam auf Ausdauer. Sie schwammen und nutzten das Laufband. Später verschwand Peter im Kraftbereich, um seine Muskeln zu stärken, während Nina im Kampfsportbereich ihre Reaktionsfähigkeit und ihre Schlagpräzision trainierte. Ziemlich platt warfen sich Nina und Peter nach Beendigung ihrer Sporteinlagen aufs Bett. Es dauerte nicht lange und sie schliefen erschöpft ein.

## 35

„Hallo, Peter, aufwachen. Du musst mich gleich zum Essen einladen. Mir knurrt fürchterlich der Magen."

Peter stellte sich weiter schlafend. Doch Nina hatte ihn durchschaut. Mit beiden Händen griff sie unter die Decke und zwickte ihn, wo sie nur konnte. Zum guten Schluss zog sie ihm die Decke weg. Peter wartete einen günstigen Moment ab, bis er zupackte und sich Nina zurück ins Bett holte. Sie balgten noch eine ganze Zeit herum, bis sie die Schlafstatt verließen, um sich aufzubrezeln. Peter wählte für den Abend ein weißes Baumwollhemd mit Stehkragen. Dazu eine dunkelblaue Hose und passende Slipper. Ein Blazer in dunkelblau durfte natürlich auch nicht fehlen. Diesen trug er eigentlich nur, damit er seine Waffe verdeckt mitführen konnte. Diesmal griff sich Peter ein Schulterhalfter, in dem er seine SIG bestens unter der Jacke tarnen konnte. Rasch steckte er sich noch seine Kreditkarte ein. Zwei volle Ersatzmagazine schob er in die am Gürtel befestigten Schlaufen. Um seinem Kreislauf einen leichten Kick zu verpassen, brühte er sich einen Espresso auf. Doch als Nina aus dem Badezimmer trat, stellte er sofort fest, dass der Espresso als Kreislaufbeleber ein laues Süppchen darstellte gegen das war, was er jetzt geboten bekam. Nina trug ein hinten wie vorne weit ausgeschnittenes, dunkelblaues Minikleid und dazu passend geschnürte, blaue Sandaletten.

*„Verschluck dich nicht an deinem Espresso. Du musst mich gleich noch zum Essen einladen."*
Nina grinste Peter frech an.

*„Was ist los, alter Agent? Können wir dann oder soll ich erst deinen Pfleger holen."*

Jetzt musste auch Peter lachen. Er zog sich seinen Blazer über und half Nina noch in ihre Jacke, bevor sie mit gemächlichem Schritt per pedes zum ‚Helenas' aufbrachen, das nur etwa drei Kilometer von Peters Wohnung entfernt angesiedelt lag.

Schon von weitem bemerkte Peter, dass heute neben den beiden lebenden Kleiderschränken Fred und Scott, die dort unter anderem als Securitymitarbeiter ihr Nachtwerk versahen, ein weiterer Türsteher zur Unterstützung am Eingang für Ruhe und Ordnung sorgen sollte. Fred hatte Peter als erster erkannt und lief auf ihn zu. Die Begrüßung war gewohnt herzlich. Auch Scott gesellte sich zu ihnen. Nina schien den beiden Jungs zu gefallen.

*„Wer ist denn der Neue, Fred?"*

*„Das ist Murat. Netter Kerl. Passt gut ins Team."*

Peter winkte dem jungen Türken zu, der freundlich zurück nickte.

*„Du hast eine Kanone dabei, Peter? Gibt es Ärger?"*

*„Ich hoffe nicht. Nina ist ebenfalls bewaffnet. Aber keine Panik, wir halten uns zurück."*

*„OK, ich lasse euch durch den VIP-Eingang rein wie immer."*

*„Alles klar, Fred und wenn es hier draußen zu einem Vorfall kommt, sag mir bitte Bescheid."*

*„Gut, folgt mir bitte."*

Neidvoll blickten viele Männer und Frauen Peter nach, der nicht warten musste und gleich durch den Sondereingang das ‚Helenas' betreten durfte, wobei auch ganz sicher einige Männer Peter ob seiner bezaubernden Begleiterin beneideten.

Peter führte Nina zu seinem Lieblingsplatz. Die kleine Theke an der rechten Seite bot ein wenig Ruhe und Intimität. Außerdem ließ sich von den Barhockern aus ein Großteil der Räumlichkeiten des ‚Helenas' gut beobachten. Sie hatten kaum ihre Sitzgelegenheiten eingenommen, als Helena auch schon auf gefährlich hohen Stilettos einschwebte. Ihre knallrote, enganliegende Robe, die knapp über ihren Knien endete, ließ sogar einen Blick auf ihren Bauchnabel zu, während auf der Rückseite die Teilung ihrer kleinen Sitzfläche im Ansatz sichtbar wurde.

„Hallo, Peter, hallo, Süße, schön dass ihr vorbeischaut. Da hast du aber eine wirklich hübsche Lady an deiner Seite. Die solltest du heiraten, mein Lieber. Was darf ich für euch tun?"

„N`Abend, Helena. Das ist Nina. Wir haben richtig Hunger. Bringst du uns bitte Steaks zu 300 Gramm mit Kräuterbutter, Brot und jeweils einen gemischten Salatteller dazu. Zu trinken nehmen wir eine Flasche Pellegrino."

„Hallo, Nina, du gefällst mir. Ich werde mich dann um eure Bestellung kümmern."

Über ein taschenrechnerähnliches, digitales Gerät gab Helena ihre Order an die Küche weiter. Wenig später verschwand sie und begrüßte verschiedene Gäste im VIP-Bereich.

„Helena ist aber ein heißes Gerät. Hast du schon mal etwas mit ihr gehabt?"

„Nein, Nina. Niemand weiß, welchen Geschlechts sie wirklich ist. Außerdem ist sie hier irgendwie eine Ikone, eine Institution, die sich auch nicht jedem an den Hals schmeißt."

Wie von Geisterhand geführt, öffnete sich hinter der Bar die Türe zur Küche. Die hochgewachsene Hongkong Chinesin Chien Sao, die hier als Bedienung arbeitete, balancierte ihre Steaks heran. Sofort drehte sie um und servierte noch das bestellte Brot und ihre Salate. Zum guten Schluss stellte sie noch zwei Gläser und die Flasche Pellegrino hin. Mit großem Appetit machten sich Nina und Peter über ihre Steaks her. Nach dem köstlichen Essen spendierte Peter noch einige Espresso.

*„Wollen wir tanzen, Peter? Die südamerikanische Musik, die aus dem Raum dort hinten stammt, macht so richtig Lust auf abtanzen."*

Peter rutschte ohne sich weiter zu äußern von seinem Hocker und griff nach Ninas Hand. Er zog seine Nachwuchsagentin auf ihre Füße und führte sie zur Tanzfläche des Raumes, aus dem die Salsa Klänge vernehmbar waren. Nina strahlte vor Glück, während Peter sie in seinen Armen hielt.

*„Es gefällt dir hier, Prinzessin?"*

*„Und wie, Peter. Ich hätte nie gedacht, dass du so gut tanzen kannst."*

*„Ach, das wird den Königskindern schon mit in die Wiege gelegt."*

Nina musste lachen. Peter nahm ihre Hand und führte sie zurück zu ihren Plätzen.

*„Ich gehe mal für große Königstiger."*

*„Große Königstiger?"*

Nina lachte Peter an.

*„Ich sag dem Tiger gleich Bescheid, damit er sich später über dich stürzt."*

*„Ja, mach das. Ich habe da eine zarte Orchidee, die sich über seinen Besuch sehr freut."*

Gelassen, wenn auch ein wenig angetrieben durch einen gewissen inneren Druck, bewegte sich Peter der Toilettenanlage entgegen. Wenig später betrat er die geräumige Anlage. Rasch hatte er eine Ecke gefunden, um sich zu erleichtern. Sichtlich entlastet schlenderte Peter zu den Waschbecken. Er versorgte sich mit dem wohl duftenden Handwaschgel und reinigte seine Hände. Zum Abtrocknen entnahm Peter zwei Papierhandtücher aus dem Automaten. Während er das benutzte Papier in den Behälter warf, schaute er durch die Türe und sah, dass schräg gegen über die Türe zum VIP-Bereich einen Spalt offenstand. Dies schien ihm mehr als ungewöhnlich, da der VIP-Bereich besonders gesichert war. Ohne Hast lief Peter auf die Türe zu. Mit dem Fuß schob er sie langsam auf. Hier feierten gern die VIPs von London ihre Feste, ohne dass die Normalsterblichen daran teilhaben konnten. Heute schien der untere Bereich jedoch verwaist zu sein. Mit einmal ging alles ganz schnell. Murat betrat vom Treppenabgang kommend den Raum.

*„Hallo, Mister McCord. Ich erhielt eine Warnmeldung, dass die Türe offensteht und sich hier unten jemand illegal aufhält. Ich wollte kurz nachschauen, was hier los ist. Dass Sie der Grund sind, konnte ich jedoch nicht wissen."*

*„Murat, ich war nicht hier unten. Ich sah nur von der Toilette aus, dass die Türe offenstand und wollte ebenfalls nachschauen."*

Plötzlich sprang von rechts kommend eine junge Frau hinter einem Vorhang hervor. Sie stürzte sich wie eine Furie auf Murat und rammte ihm ein Messer in den Hals. Blut spritzte. Der junge Türke fiel wie ein gefällter Baum in sich zusammen. Peter wollte dazwischen gehen, doch die junge Frau hatte das Überraschungsmoment auf ihrer Seite. Wie eine Katze bewegte sie sich an Peter vorbei. Er stand zu weit entfernt und war einfach zu langsam, um die Frau aufhalten zu können. Kraftvoll spurtete sie aus den Raum. Peter sah kurz nach Murat. Ihm konnte er nicht wirklich helfen. Er zog sein Handy aus dem Gürtel und forderte einen Krankenwagen und den Notarzt an. Gleichzeitig drückte er auf den Notknopf. Doch was war mit Nina? Sie befand sich in Lebensgefahr. Er musste sofort nach ihr sehen.

Peter rannte die Treppe hoch. Von weitem sah er, wie sich die junge Frau auf Nina stürzte und sie mit einem Messer angriff. Doch Nina wehrte die Attacke geschickt ab. Peter rannte so schnell er konnte auf die beiden Frauen zu. Als die Angreiferin Peter erkannte, löste sie sich von Nina und rannte

aus dem ‚Helenas'. Nina hielt sich den linken Arm.
Blut sickerte aus einer Stichwunde.

*„Alles ok bei dir?"*

*„Geht so, komm wir müssen hinter der Lady her."*

*„Bleib sitzen, ich kümmere mich alleine darum."*

*„Unsinn, ich bin dabei."*

## 36

Nina und Peter rannten auf die Straße. Sie konnten
gerade noch erkennen, wie die junge Frau die
Treppe zu einem Untergrundbahnhof hinunterlief.
Vor dem ‚Helenas' parkten bereits ein Notarzt-
fahrzeug und ein Krankenwagen. Die Terroristin
hatte beim Rausrennen aus dem ‚Helenas' noch
Fred ins Bein gestochen, der versucht hatte sie
aufzuhalten. Nina rannte zum Krankenwagen und
griff nach einem Verbandpäckchen. Geschickt
wickelte sie sich, während sie Peter die Treppe
hinunter folgte, den Verband um ihren linken
Unterarm. Mit den Zähnen biss sie das Ende der
Gaze in zwei Teile, sodass sie den Verband
festzurren konnte. Peter schaute sich um. Doch die
Frau schien verschwunden. Peter rannte kurz die
Reihen der wartenden Fahrgäste ab, bis er die
Terroristin erblickte. Sie hatte versucht, im
Getümmel der vielen Menschen auf dem U-
Bahnhof mitzuschwimmen. Sofort sprang sie auf

die Gleise und verschwand im Dunkel der U-Bahn-Röhre. Peters Handy summte.

*„Hallo, Peter, Simon Sharp hier. Wir haben diesen Khalid gefasst. Er hat versucht, in das Gebäude einzudringen, in dem Sie wohnen. Wie sieht es bei Ihnen aus?"*

*„Wir verfolgen gerade die Frau mit dem Codenamen Sevin, wie ich vermute. Sie hat im ‚Helenas' einen Türsteher schwer und einen leicht verletzt und Misses Brennan eine Stichwunde am linken Arm beigebracht, Chief."*

*„Ok, Peter, ich höre, Sie sind in Eile. Schnappen Sie sich die Terroristin."*

*„Wir versuchen unser Bestes, Sir."*

Sharp war bereits aus der Leitung verschwunden. Nina hatte im letzten Moment bemerkt, dass Sevin eine Feuerschutztüre öffnete und dahinter verschwand. Sogleich nahmen sie die Verfolgung auf. Die junge Agentin hatte längst ihre Sandaletten ausgezogen und weggeworfen um Schritt halten zu können. Peter öffnete vorsichtig die Türe. Ein Schuss brach und verfehlte ihn nur um Haaresbreite.

*„Die Lady schießt auf uns. Sie ist nur schwer auszumachen im diffusen Licht der Notbeleuchtung."*

Peter flüsterte. Nina nickte kurz, dass sie verstanden hatte. Vorsichtig hielt sie die Türe auf, während Peter über den Boden kroch, um kein Ziel zu bieten. Ein weiterer Schuss peitschte los. Das Projektil pfiff an Peters rechtem Arm vorbei ins Nichts. Doch er hatte in etwa gesehen, aus welcher Position der Schuss abgegeben wurde. Er ging in Anschlag und schoss dreimal kurz hintereinander. Der Lärm machte alle Beteiligten fast taub. Nina winkte ihm zu, mit der Bitte ihr Feuerschutz zu geben. Erneut schoss er dreimal in die Richtung, wo er die Terroristin vermutete, während Nina neben ihn sprang. Ihr Kleid hatte bereits stark gelitten und hing teilweise in Fetzen von ihrem Körper herunter.

„Wir machen jetzt folgendes: Du gehst an der linken Wandseite entlang der Lady entgegen und ich rechts. So hat sie kaum eine Chance, uns in Schach zu halten. Die großen Begrenzungssteine bieten uns ausreichend Deckung. Ich glaube, der Schacht hier ist am Ende zugeschüttet worden oder muss noch ausgebaut werden. Wie es aussieht, kommt die Terroristin hier nicht mehr weg. Also Vorsicht, Nina. Wir haben sie jetzt in die Enge getrieben. Sie wird bis zuletzt kämpfen wie eine Löwin."

„Das sehe ich genauso. Aber je schneller wir ihrer habhaft werden, desto besser. Los geht's."

Die Lady schien über sehr gute Augen zu verfügen. Immer wieder schoss sie auf Nina und Peter, sobald sie sich hinter ihren Deckungen zeigten. Doch die beiden Agenten kämpften sich Meter für Meter voran. Peter besaß jetzt nur noch ein volles Magazin mit 15 Schuss. Was Nina noch an Munitionsvorrat in der Handtasche hatte, wusste er nicht. Sie hatten sich der Terroristin jetzt bis auf etwa zwanzig Meter Abstand genähert. Als Peter sah, dass sie noch einmal in Anschlag ging, um Nina zu treffen, schoss er und traf sie am rechten Oberarm. Sie schrie vor Schmerz laut auf. Außerdem war ihr die Pistole aus der Hand gefallen. Peter sprang auf und rannte auf die junge Frau zu. Doch er hatte nicht damit gerechnet, dass sie noch einen zweieinhalbzölligen Revolver bei sich trug. Blitzschnell lag die Waffe in ihrer Hand. Mit dem linken Daumen spannte sie den Hahn.

*„So, Bastard, fahr zur Hölle, McCord."*

Sofort brach ein Schuss. Nina hatte gut aufgepasst und die Terroristen anvisiert. Mitten ins Herz getroffen sackte die Frau in sich zusammen. Peter winkte Nina dankend zu und hob den rechten Daumen. Auf einmal erhellten schwere Scheinwerfer den alten U-Bahn-Schacht. Mitglieder einer Antiterroreinheit stürmten schwerbewaffnet herein. Peter winkte kurz und gab das Zeichen für alles ok. Sofort begrüßte er kurz den Einsatzleiter und erklärte ihm den Sachverhalt. Dieser jedoch war bereits durch seine Vorgesetzten instruiert. Ohne sich noch einmal umzudrehen, verließen Nina und Peter den Tunnel. Auf dem Weg zum Aufgang aus dem Untergrundbahnhof fand Nina sogar ihre Sandaletten wieder. Peter winkte einem Taxi zu, doch der Wagen fuhr an ihnen vorüber. Er versuchte es ein weiteres Mal. Auch diesmal vergeblich.

*„Hast du dir mal angesehen, wie wir beide aussehen? Die Taxifahrer haben sicher Angst, wir wären Obdachlose und könnten die Fahrt nicht bezahlen."*

*„Stimmt, du hast vollkommen Recht. Wir sehen verboten aus."*

Eher unerwartet rollte eine schwere Jaguar-Limousine heran. Abercrombie Leicester saß auf dem Beifahrersitz.

*„Darf ich Sie nach Hause fahren?"*

*„Eine sehr gute Idee, Mr. Leicester. So jedenfalls nimmt uns kein Taxi mit."*

Zu Hause sah sich Peter erst einmal Ninas Verletzung an. Das Messer war nicht besonders tief in Ninas Arm eingedrungen. Gemeinsam beschlossen sie, die Wunde wie auch sich selbst zu reinigen und eine sterile Wundauflage mit einem

Verband anzulegen. Total geschafft fielen sie anschließend ins Bett. Tief und fest schliefen sie, bis sie die Mittagssonnenstrahlen des folgenden Samstags wachkitzelten. Peter machte Frühstück, das sie auf seiner Terrasse mit Blick auf die Themse einnahmen. Noch vor dem zweiten Becher Kaffee summte Peters Handy.

*„McCord? Guten Morgen, Chief. Danke der Nachfrage, wir haben den gestrigen Abend und die folgende Nacht gut überstanden."*

*„Das höre ich gern, Peter. Wie geht es Misses Brennans Verletzung?"*

*„Soweit ganz gut. Wir schauen sie uns nachher noch einmal genau an und wenn es Auffälligkeiten gibt, fahren wir ins Krankenhaus zur Kontrolle."*

*„Sehr gut, Peter. Nur kurz zur Info. Wir haben den Mann mit Codenamen Khalid festgenommen. Er wird noch heute dem Haftrichter vorgeführt. Da es sich um einen terroristischen Akt handelte, hat sich bereits die Bundesanwaltschaft eingeschaltet. Ich habe eine gute Nachricht für Sie beide. Sie erhalten jeder zwei Wochen Sonderurlaub zur Regeneration. Wir sehen uns dann Montag in zwei Wochen hier bei mir im Büro. Schönen Urlaub."*

*„Danke, Sir, ich gebe die gute Nachricht an Nina weiter."*

*„Was gibt es Erfreuliches zu berichten, Peter?"*

„Sharp hat uns zwei Wochen Genesungsurlaub geschenkt.“

„Das ist ja super. Verbringen wir den Urlaub zusammen?“

Peter saß stumm auf seinem Platz“

„Wenn das nicht der Beginn einer Beziehung werden soll, gern.“

„Ganz sicher nicht, Peter. Wer will schon so einen alten Agenten zum Lover haben?“

Nina hatte mit Peters Reaktion gerechnet. Sie sprang von ihrem Stuhl auf und rannte ins Schlafzimmer. Doch bevor sie die Türe schließen konnte, hatte Peter sie eingeholt. Es folgte eine liebevolle Versöhnung.

Am gleichen Abend ließen sie es sich noch einmal im ‚Helenas‘ gutgehen. Die Hausherrin wollte natürlich sofort wissen, was eigentlich los war. Doch Peter legte seinen rechten Zeigefinger auf seine Lippen. Helena verstand sofort.“

„Murat hat überlebt. Er muss noch einige Zeit im Krankenhaus verbringen und viele Untersuchungen über sich ergehen lassen. Er wird schon wieder auf die Füße kommen.“

„Das hoffen wir auch. Machst du uns bitte noch einmal das Gleiche wie gestern Abend?“

„Steaks, Brot und Salat?“

*„Ja, genau und dazu ein gutes Bier für jeden von uns."*

Es wurde eine lange Nacht. Nina und Peter tanzten wie wild übers Parkett. Erst früh am Morgen, als die Sonne sich schon ganz langsam dem Firmament entgegen bewegte, schlenderten Nina und Peter ein wenig angetrunken ihrem Bett entgegen. Es folgte noch eine ausgiebige, erotische Kissenschlacht, bevor die beiden einschliefen. Als sie am Sonntagmorgen erwachten, kuschelte sich Nina in Peters Arm.

*„Wir haben jetzt zwei Wochen Urlaub. Was machen wir daraus?"*

*„Was hältst du davon, Prinzessin, wenn ich dir mein Reich zeige? Ich buche gleich zwei Flüge nach Edinburgh für heute Nachmittag. Dort lassen wir uns von unserem Verwalter abholen. Mum und Dad werden sich sehr freuen, wenn der Sohnemann mal wieder mit einem weiblichen Wesen vorbeischaut."*

*„Das ist genial. Vorher müssten wir nur noch mal kurz bei mir zu Hause vorbeifahren, damit ich mir ein paar Sachen einpacken kann."*

*„Kein Problem. Ich buche zwei Flüge und melde uns bei Mama und Daddy an."*

Wie ein richtiges Liebespaar checkten sie am Flughafen London Heathrow ein. Arm in Arm schlenderten die beiden ihrem Gate entgegen, ohne jedoch zu bemerken, dass ein Augenpaar sie beobachtete.